그라운드의 사령관

그라운드의 사령관 1

예성 현대 판타지 장편 소설

초판 1쇄 찍은 날 | 2016년 5월 23일
초판 1쇄 펴낸 날 | 2016년 5월 30일

지은이 | 예성
펴낸이 | 예경원

기획 | (주)위시북스
편집책임 | 박우진
편집 | 이즈플러스

펴낸곳 | 예원북스
등록번호 | 제396-2012-000132호
등록일자 | 2012. 7. 25
KFN | 제1-004호

주소 | 경기도 고양시 일산동구 호수로 646-24 위너스21 II 빌딩 206A호 (우)10401
전화 | 031-819-9431 팩스 | 031-817-9432
E-mail | yewonbooks@naver.com

ⓒ예성, 2016

ISBN 979-11-5845-577-4 04810
      979-11-5845-578-1 (set)

WISHBOOKS MODERN FANTASY STORY
예성 장편소설

그라운드의 사령관

1

CONTENTS

그라운드의 사령관

프롤로그

나는 야구 천재였다.

자칭이 아닌 타칭이니 어느 정도 신빙성이 있다고 볼 수 있다.

절정은 3학년 청룡기였다.

100퍼센트 출루를 성공하며 20타수 16안타를 기록했다.

홈런은 6개를 때려 냈으며 볼넷은 4개를 얻었다. 도루도 4개를 기록했고 도루 저지 역시 7번을 모두 막아 냈다.

탈고교급 포수.

최고의 유망주.

당시의 모든 스포트라이트는 당연히 내게 향했다.

한국의 구단이 날 주목한 건 당연했다.

나아가 일본에서도 물밑 작업이 들어왔다. 한국에서 제시한 계약금의 2배를 주겠다는 구단도 있었다.

1군 출전 기회도 보장을 해주겠다고 했다.

하지만 당시 내 마음은 한국과 일본 양국에 없었다.

오직 한 곳.

모든 야구인의 꿈.

야구가 시작된 곳.

바로 메이저리그에 향해 있었다.

당시 7개 구단에서 내게 러브콜을 보내왔다.

계약금 자체만 놓고 봤을 때는 일본과 비슷한 수준이었다.

하지만 내게는 야구의 본고장인 미국에서 야구를 하고 싶다는 열망이 있었다.

그래서 메이저리그를 선택했다.

당시 가장 적극적이었던 보스턴 레드삭스를 선택, 국내에서 기자회견을 하고 미국에서도 입단 기자회견을 하며 화려하게 내 이름을 알렸다.

하지만.

그게 마지막이었다.

결과적으로 난 적응에 실패했다.

한국과는 전혀 다른 이동 거리, 생활환경, 훈련 환경 등.

모든 것이 내게 악재로 다가왔다. 무엇보다 언어가 통하지 않는다는 게 이렇게까지 힘들 줄은 꿈에도 몰랐다.

야구라는 공통된 언어가 있기 때문에 말이 통하지 않아도 경기를 할 수 있다?

정말 개소리였다.

대화가 통역을 통해 한 단계 걸러져서 들어온다는 건 대단히 불리한 조건이었다. 특히 투수와 일대일로 대화를 할 수 없다는 건 최악이었다.

게다가 내 성장이 생각보다 느리자 구단 측에서도 지원을 하나둘 끊기 시작했다.

2년 차가 되었을 시점에서는 더 이상 개인 통역도 붙지 않았다.

그렇게 되자 완전히 외톨이가 되어버렸다.

누구에게도 기댈 곳이 없었다.

부모님이 미국으로 오셨지만 오히려 그게 더 부담이 됐다.

부담감에 무리한 플레이를 하게 되었고 그것은 곧 부상으로 이어졌다.

그렇게 난 사람들 뇌리에서 잊혀 갔다.

* * *

"제길! 오늘도 경기에 나가지 못했어."

트리플 A도 아닌 더블 A로 강등된 지 어느덧 1년이 지났다. 그래도 처음에는 매일 경기에 나갈 수 있었다.

하지만 그것도 잠깐, 점점 밑에서부터 치고 올라오는 선수들에게 밀리기 시작해 교체로 출전했다. 그리고 더 시간이 흐르자 경기에 나가는 것도 힘들어졌다.

게다가 경기 직후 구단 직원이 와서 싱글 A 구단인 로웰 스피너스로 가라는 소식을 전했다.

"싱글 A라니……."

마이너리그는 여러 단계로 나누어져 있다.

가장 높은 리그가 트리플 A로 메이저리그 바로 아래 리그였다. 더블 A는 그 밑, 싱글 A는 가장 밑이었다.

그 아래에 루키 리그라는 것이 있었지만 이 리그는 말 그대로 유망주들이 모이는 곳이었다.

정찬열도 이곳에서 미국 생활을 시작했다.

즉 트리플 A까지 올라갔다 다시 싱글 A로 떨어졌다는 소리다.

이는 최악이었다. 진보는커녕 오히려 퇴보를 했다는 이야기가 되니까 말이다.

그는 문득 고개를 들어 어두운 밤하늘을 올려다봤다.

한국에서 보던 밤하늘과 같았다. 하지만 다른 곳이었다. 왠지 모르게 지쳐 버린 느낌이었다.

"후우ㅡ! 한국으로 돌아갈까?"

이런 생각을 하는 건 하루 이틀이 아니었다.

최근 들어서는 매일 하고 있었다.

같이 지내고 있는 부모님도 이제 그만하고 한국에 돌아가 처음부터 다시 해보자는 이야기를 해주셨다.

하지만 그럴 수 없었다.

"이대로 돌아갈 순 없어."

그의 나이 27살이었다.

자신과 동기였던 선수들 중 특급으로 분류되던 선수들은 하나같이 프로팀에서 주전으로 활약하고 있었다.

연봉도 어느덧 자신보다 많아졌다. 대중의 관심 역시 자신이 아닌 그들이 받고 있었다.

"이대로 돌아가면 8년 동안 마이너리그에서 버틴 게 허사가 된다. 정말 아무것도 아닌 게 돼······."

8년이란 시간.

20대의 대부분을 메이저리그라는 하나의 목표를 보고 달려왔다. 그랬기에 포기할 수 없었다. 끝에 도착했다는 걸 깨달았지만 그래도 돌아갈 수는 없었다.

"차라리 나도 한국에서 야구를 했다면······."

헛된 생각이란 건 자신도 안다. 하지만 가끔 과거로 돌아가서 다시 한 번 선택을 할 수 있다면, 그렇다면 한국에 남는 걸 선택할 것이다.

그만큼 힘들었다. 마이너리그를 전전하는 생활들이…….

그러나 알량한 자존심, 그리고 자신을 여전히 응원해 주는 부모님을 위해서라도 그냥 돌아갈 순 없었다.

아니, 무엇보다 자신에게서 등을 돌린 사람들에게 무언가 보여주고 싶었다.

나 정찬열 아직 죽지 않았다는 걸 말이다.

"에휴…… 집에나 가자."

더 늦기 전에 집에 돌아가 팀을 옮길 준비를 해야 했다.

스포츠 백을 뒷좌석에 넣고 차에 올라탔다. 다행히 홈구장이었기에 집까지는 그리 오랜 시간이 걸리지 않았다.

5분쯤 운전을 하자 다운타운에 진입했다.

"아버지가 좋아하시는 중국 음식이나 사 갈까?"

싱글 A로 떨어졌다는 이야기를 하는 게 조금 껄끄러웠던 정찬열은 차를 돌려 사거리에 있는 중국 음식점으로 향했다.

"중국술도 하나 사 가면 좋아하실……."

빠아아아앙-!

강렬한 소리에 고개가 돌아갔다.

그리고…….

쾅-!

트럭이 그대로 정찬열의 차와 충돌했다.

1장

다시 찾아온 기회

사거리를 막 지나는 순간 대형 트럭이 덮쳤다.

졸음운전이었는지 음주운전이었는지 알 수 없지만 차는 멈출 생각이 없어 보였다.

자신의 작은 차는 종잇짝처럼 찌그러졌다. 강렬한 충격이 몸을 덮쳤다. 그리고 정신을 잃었다.

그런데.

"어떻게 내가 여기에 있는 거지?"

미국에 있던 방이 아니었다.

가구들이 미국식이 아닌 한국식이었다. 무엇보다 벽에 붙어 있는 저 포스터들.

"조니 벤치, 그리고 요기베라……."

메이저리그의 위대한 포수였던 두 선수가 송구하는 모습을 찍은 포스터가 벽면에 붙어 있었다.

정찬열은 저 두 사람을 롤모델로 삼고 포수의 꿈을 키웠다. 하지만 미국에서 방황하던 시절, 더 이상 방에 포스터를 붙이지 않았다.

"날짜가……."

무의식적으로 스마트폰을 찾았다.

그러나 어디에서도 찾을 수 없었다. 그러다 한쪽 벽에 걸린 달력을 발견했다.

"달력이라니……."

오랜만에 보는 달력에 헛웃음이 나왔다. 그리고 날짜를 확인했을 때.

"2005년?"

게다가 달력은 7월을 나타내고 있었다.

기억이 틀리지 않았다면 청룡기가 막 끝날 무렵이었다.

"뭐가 어떻게 된 거지?"

자신의 인생에서 최고의 황금기를 뽑으라면 바로 지금이다.

그리고 가장 후회스런 시기를 뽑으라면?

그것도 바로 지금이다.

청룡기에서 압도적인 성적을 내면서 세간의 이목을 집중

시켰다. 그리고 꿈에 부풀어 메이저리그 진출을 노렸다.

하지만 결과는?

최악이었다.

메이저리그 무대는 한 번도 밟지 못하고 내리막길을 탔다.

그 시기로 돌아온 것이다.

모든 걸 다시 선택할 수 있는 최고의 순간으로 말이다.

정찬열은 한참 동안 고민을 했다.

몇 시간이 흐르도록 그는 의자에 앉아 움직이지 않은 채 생각을 정리했다.

달이 지고 해가 떠오를 무렵,

그는 고민을 끝내고 자리에서 일어났다.

"고민할 이유는 없어. 다시 돌아온 것이라면…….'

또 한 번의 기회가 찾아왔다.

"이 기회를 놓치지 않겠어."

그의 눈이 빛났다.

＊ ＊ ＊

"찬열이는?"

"글쎄요. 방에서 나오는 거 못 봤는데. 아직 자는 거 아닐까요?"

"흠, 청룡기가 막 끝났는데 너무 늘어지는 거 같군."

정찬열의 아버지 정기홍이 근엄한 표정을 지으며 소파에 앉아 신문을 펼쳤다.

부엌에서 아침 식사를 준비하던 어머니 김미숙이 입가에 작은 미소를 지으며 말했다.

"너무 그러지 마세요. 오랜만에 휴가 받아서 집에 온 아이 인데……."

"흠……."

"그나저나 어제는 왜 이렇게 늦게 들어왔어요?"

"에이전시 관계자들 만나고 왔어. 미국에서도 본격적인 제의가 들어오기 시작했다는군."

"어머! 잘됐네요."

겉으로 드러내며 기뻐하는 김미숙과 달리 정기홍은 내색하지 않은 채 속으로만 기뻐하고 있었다.

현재 정찬열을 원하는 구단은 국내를 비롯해 일본과 미국까지 해서 수십 곳이었다.

국내에는 연고권이란 것이 있어 인천 와이번스가 1지명을 한 상황, 하지만 해외는 달랐다.

일본의 거부 구단인 요미우리 자이언츠와 한신 타이거즈, 그리고 미국의 보스턴 레드삭스와 뉴욕 양키스 등 명문 구단들도 그에게 부와 명예를 약속했다.

이제 스무 살도 되지 않은 아들이 벌써부터 세계에서 인정을 받는다는 건 부모로서 최고의 기쁨이었다.

딸칵-!

그때 문이 열리고 땀범벅이 된 정찬열이 들어왔다.

"어? 일어나셨네요."

"달리기라도 하고 온 게냐?"

"예, 조금 일찍 일어나서 동네 한 바퀴 달리고 왔어요."

동네 한 바퀴가 아니다.

여름이라고는 해도 새벽에는 서늘한 바람이 분다. 그런데도 저렇게 땀에 절었다는 건 최소 한 시간 이상을 달렸단 소리였다.

"흠, 너무 무리하지 마라. 괜히 계약하기 전에 다쳐서 메디컬 테스트를 통과하지 못할 수도 있으니."

사실 정기홍의 마음은 이미 미국으로 가 있었다.

계약금의 규모도 최고 수준이었고 그 외의 조건도 모두 미국의 구단들이 좋았다. 게다가 메이저리그는 모든 야구인이 꿈꾸는 최고의 무대다.

자신의 아들이라면 그곳에서 최고의 선수들과 겨룰 자격이 있었다. 그렇기에 미국의 구단들과 계약을 맺을 작정이었다.

어제 에이전시 관계자들을 만난 이유도 바로 그 이유였다.

최대한 조건을 좋게 받아내 달라는 부탁을 하기 위해서 말이다.

"아, 저 한국에 있을 겁니다. 해외에는 가지 않을 생각이에요."

"뭐?! 그게 무슨 소리냐!"

"일단 샤워 좀 하고 나올게요."

호통에도 웃으며 화장실로 들어가는 아들의 모습에 아무 말도 할 수 없었다.

그때 주방에서 이야기를 듣고 나온 김미숙이 물었다.

"여, 여보? 방금 저 애가 무슨 소리를 한 거예요?"

"크흠! 기다려 봅시다. 나와서 이야기하겠지."

불편한 기색을 감추지 않는 정기홍의 모습에 더 이상 물어볼 수가 없었다. 단지 아들이 화장실에서 나오기만을 초조하게 기다렸다.

잠시 후,

물에 젖은 머리를 수건으로 닦으며 나온 정찬열이 소파에 앉았다.

"갑자기 무슨 소리냐?! 한국에 있을 거라니!"

목소리를 높이는 아버지를 보며 정찬열은 가슴이 아팠다.

지금이야 아들에게 화를 내고 언성도 높이는 강한 분이시지만 미국으로 오실 때는 전혀 달랐다.

아들의 미국 생활을 뒷바라지하기 위해 무리해서 일한 나머지 건강이 안 좋아지셨다. 또 괜히 아들의 심기를 불편하게 만들까 언성 한번 높이지 않으셨던 분이었다.

아들을 위해 직접 스포츠 마사지를 배우고 경기가 끝나면 그라운드에 한 번 서 보지 못한 아들의 어깨를 마사지해 주시는 아버지의 모습이 떠올라 눈물이 나올 것 같았다.

'지금 상황에서 눈물은 도움이 되지 않는다. 내 의견을 정확히 말씀드려야 돼.'

다시 한 번 다짐한 정찬열이 고개를 들어 아버지와 시선을 마주쳤다.

지금까지 이런 자리에서 한 번도 자신과 눈을 마주치지 못했던 아들의 색다른 모습에 정기홍이 다소 놀랐다.

그 타이밍을 놓치지 않고 정찬열이 조용하지만 힘 있는 목소리로 자신의 의견을 이야기했다.

"아버지, 그리고 어머니, 죄송하지만 전 인천 와이번스에 입단하겠습니다."

"갑자기 그게 무슨 소리니? 아버지가 에이전시분들이랑 이야기해서 더 좋은 조건으로 해외에 나갈 수 있게 했다는구나. 그러니까……."

"제가 걱정하는 건 조건이 아닙니다."

"무슨 말이냐?"

"전 포수입니다. 투수와 직접 소통을 하고 때에 따라서는 그라운드 위의 선수들과 이야기를 나누어야 합니다. 하지만 해외에 나간다면 그럴 수가 없습니다."

"언어적인 문제가 걱정이라면 모든 구단에서 통역을 붙여 주겠다고 했다. 그리고 지금부터라도 천천히 준비를 하면 금방 현지인들과 이야기할 수 있을 게다."

"아버지, 사실대로 말씀드리면 전 공부에 소질이 없습니다. 자신도 없고요. 초등학생 때부터 정규 수업은 거의 받지 않은 채 야구만 했습니다. 그런 제가 이제 와서 공부를 한다고 해서 단기간에 새로운 언어를 습득할 수 있을 거란 생각이 들지 않습니다."

정찬열은 영어를 할 수 있다. 미국에서 8년을 생활했으니 당연했다. 하지만 부모님은 그가 회귀를 했다는 걸 모른다. 그러니 설득시키기 좋은 핑곗거리였다.

"생활환경도 문제입니다. 제가 과연 미국이나 일본에 가서 제대로 적응할 수 있을지 의문입니다. 이제 배우는 단계에서 말도 통하지 않고 모든 게 다른 타국에 가서 제대로 성장할 수 있을지도 걱정이 됩니다."

정찬열의 이야기를 곰곰이 듣고 있던 정기홍이 매서운 눈빛으로 물었다.

"갑자기 그런 생각을 하게 된 이유가 뭐냐? 어제까지만 해도 메이저리그에 갈 수 있냐며 좋아하던 내 아들 정찬열은 어디로 간 거냐! 도대체 어떤 놈들이 너에게 그런 바람을 집어넣은 거야?! 김태원이냐?!"

김태원은 와이번스의 스카우트 팀장이었다.

정찬열을 발굴하고 1지명으로 뽑아야 된다고 강력하게 주장한 인물이었다. 미국으로 간 뒤에도 자신에 대한 관심을 놓지 않았던 사람이기도 했다.

"아니에요. 누구와도 이야기를 나누지 않았습니다. 순전히 제 판단입니다."

정기홍은 혼란스러웠다. 분명 휴가를 받아 돌아온 아들은 반드시 메이저리그에 가겠다며 자신 있게 외쳤었다.

그런데 오늘은 미국에 가도 잘할 자신이 없다니?

도대체 어떤 장단에 맞춰야 될지 모르겠다는 생각이 들었다.

그때 정찬열의 설명이 이어졌다.

"제가 메이저리그를 포기하는 건 아닙니다."

"뭐?"

"반드시 갈 겁니다. 하지만 일단 한국에서 경험을 쌓고 싶습니다."

"음……."

아들의 목소리에서 진심이 느껴졌다. 특히 자신의 눈을 피하지 않는 모습이 인상적이었다.

어느새 아들이 이렇게 컸는지 대견스럽다는 생각이 들었다.

"네 뜻은 당장은 한국에서 야구를 배우고 싶다. 이거냐?"

"예."

정찬열은 부모님의 얼굴을 살폈다.

어릴 때는 보이지 않던 부모님의 생각이 보였다.

아버지는 고심에 고심을 거듭하고 있는 상태셨고 어머니는 불안한 나머지 안절부절못하고 계셨다. 그런 어머니를 보자 정찬열은 마음이 좋지 않았다.

'어머니, 죄송합니다. 하지만 꼭 성공해서 좋은 모습 보여 드릴게요.'

그때 정기홍이 입을 열었다.

"네 뜻이 그러하다면…… 알았다. 내가 김 팀장을 만나보겠다."

"여보!"

"감사합니다, 아버지."

어머니의 반응을 본 정찬열은 자리에서 일어났다.

이제부터는 두 분이 이야기를 나누실 때다. 자신은 빠져야 했다. 그것을 알기에 방으로 돌아갔다. 문을 닫자 어머니의 목소리가 들려왔지만 애써 무시했다.

"여기까지는 내 욕심이다. 앞으로는 두 분을 위해서라도 최선을 다해야 돼."

자식에게 야구를 시킨다는 건 부모의 입장에서는 매우 부담이 되는 일이다.

자신만 하더라도 초등학생 때부터 고등학생까지.

부모님이 순수하게 지출하신 회비만 하더라도 억대에 가까웠다. 그 외에도 장비, 전지훈련비 등. 나갈 돈이 어마어마하게 많다.

그것을 어릴 때는 몰랐지만 나이가 든 지금은 알고 있다.

그런데도 불구하고 아버지는 자신의 의견을 들어주셨다.

"10억이란 돈까지 포기하면서 말이지."

미국에 갈 당시 정찬열은 140만 달러, 한화로 치면 15~6억이란 계약금을 받고 건너간다.

와이번스에서 제시한 금액은 5억 원.

단순히 금액만 놓고 보더라도 10억이라는 거액이 차이가 난다.

아무리 자식을 위해서라지만 아까울 수 있는 돈이다. 하지만 아버지는 자신의 의견을 지지해 주셨다.

언제나 그러셨다.

엄하면서도 언제나 아들인 자신을 위해 물심양면 모든 것을 지원해 주셨다.

미국에서 홀로 힘들어하고 있을 때는 자신이 하던 일을 접고 어머니와 함께 미국으로 건너오신 분이셨다.

그만큼 노력하시는 분이 아버지였다.

"반드시 보답하겠습니다."

내가 더 열심히 해야 하는 이유였다.

정찬열이 미국 야구를 접하면서 뼈저리게 느꼈던 부분 중 하나가 바로 하드웨어의 차이였다.

185㎝의 키에 80㎏.

고교야구에서는 두 손에 꼽을 정도로 하드웨어가 좋은 정찬열이다.

프로에 가서도 근육량을 늘린다면 충분히 통할 수 있는 하드웨어를 가졌다는 평가를 받았다.

하지만 미국은 전혀 달랐다.

보스턴 레드삭스와 계약을 맺고 루키리그에 합류했을 때 정찬열은 놀랐다.

자신보다 키가 크고 몸집이 좋은 선수가 수두룩했다.

무엇보다 가장 놀란 건 바로 근육이었다.

마치 헤라클레스를 보는 것처럼 단단한 근육을 보유하고 있었다. 그러면서도 유연함까지 있으니 그들의 파워를 따라갈 수 없었다.

'지금의 내 몸무게는 체지방률이 높은 상태다. 프로에 가게 되면 지방은 반드시 필요하다. 하지만 근육량을 높일 필요가 있어.'

지금 시점에서 프로야구 선수는 1년 동안 126경기를 뛴다. 즉 1년의 절반에 가까운 시간을 야구라는 격렬한 운동을 한다는 뜻이다.

에너지를 축적해 두지 않는다면 몸이 버티질 못한다.

그래서 야구선수 중에는 몸이 뚱뚱해 보이는 사람이 많다. 하지만 그들의 체성분을 분석해 보면 일반인과는 다르다는 걸 알 수 있다.

'지금 시점에서 내게 필요한 건 충분한 영양 섭취와 운동이다. 한국에서는 배울 수 없는 훈련법이 내 머리에는 있다.'

미국에서의 8년 생활.

비록 실패한 마이너리그 인생이었지만 그렇다고 아예 도움이 안 됐던 건 아니다.

선진 야구를 배우고 그것들을 습득했다.

고스란히 자신의 재산이 됐고 언제든지 다시 꺼낼 수 있었다.

'영양 섭취야 원래부터 잘 먹었으니 걱정이 없고.'

남은 건 운동이었다.

고교야구의 훈련법이 아닌, 자신이 배운 선진 야구의 훈련법대로 몸을 단련시켜야 한다.

'오늘부터 시작이다.'

* * *

드래프트. 정식 명칭은 프로야구 신인지명회의다.

이곳에서 뽑힌 선수는 구단과 별도의 계약을 맺고 프로야구에 발을 들인다.

하지만 계약을 맺지 않는 선수들도 있다. 이들은 특별지명으로 대학을 가거나 해외에서 더 좋은 조건을 받아 나가는 경우가 있었다.

이렇게 되면 구단의 입장에서는 난감해진다.

선수가 계약을 하지 않았다고 해서 또 한 번 선수를 뽑을 기회가 주어지는 게 아니니까 말이다.

그렇기 때문에 김태원은 하루하루를 노심초사하며 버티고 있었다.

"미치겠네. 오늘도 연락이 없는 건가?"

스카우트 팀장을 맡고 있는 그는 초조함을 감추지 못했다.

이유는 단 하나.

바로 본인의 추천으로 1차 지명에 들어간 정찬열이 계약을 하지 않은 채 버티고 있기 때문이다.

이유는 익히 알고 있었다.

'제길! 정말 소문대로 미국으로 가는 건가?'

그럼에도 불구하고 정찬열을 1지명 해야 된다고 고집했던 건 그만큼 매력적인 선수이기 때문이다.

현재 인천 와이번스의 주전 포수는 박현우다.

레전드라 불려도 이상할 것이 없을 정도로 대단한 기록을 남긴 포수다.

하지만 올해 그의 나이 37살이다. 은퇴 시점이 코앞으로 다가왔다. 풀타임을 소화할 수 있는 체력도 없었다. 부상을 당하면 한 시즌을 통째로 넘길 수도 있다.

그런 상황에서 마땅한 대안도 없었다. 다른 팀과 트레이드를 해서 포수를 데려오기에도 맞출 카드가 마땅찮았다. 그래서 선택한 것이 정찬열이다. 1지명으로 뽑을 수 있는 특급 투수를 제외하고 포수인 그를 선택했다.

게다가 계약금도 이례적인 5억을 제시했다. 모든 것이 그를 영입하기 위한 특급 대우였다. 하지만 그의 시선은 미국으로 향해 있었다.

덕분에 김태원은 구단에서 눈초리를 받는 중이다. 윗선에서는 이번 영입이 실패하면 그를 내치는 방안까지 준비 중이었다.

그만큼 구단의 출혈이 심하다는 이야기였다.

'제길…… 예정대로 이현민이를 영입했어야 했나…….'

뒤늦은 후회를 하며 마시는 커피가 썼다.

뚜르르르-!

막 커피 잔을 내려놓을 무렵, 책상 위 전화기가 울렸다.

"여보세요?"

[저 찬열이 애비 되는 정기홍입니다.]

그의 눈이 번쩍 떠졌다.

* * *

고교야구는 대부분의 학교가 기숙사 생활을 한다.

특별 휴가를 받아 집에서 주말을 보냈던 정찬열도 기숙사
에 복귀, 하루하루를 훈련으로 시간을 보냈다.

"후욱-! 후욱-!"

운동부의 하루는 훈련의 연속이다.

새벽에는 러닝과 가벼운 근육운동으로 몸을 깨운다. 이후
점심까지 기초적인 체력 단련과 수비 연습을 한다. 그리고
오후 시간에 타자들은 타격 연습을, 투수들은 피칭을 하며
시간을 보냈다.

'확실히 고교야구의 훈련법은 마이너리그의 훈련법과 차
이가 심하다.'

마이너리그는 기본적으로 메이저리그와 훈련법이 같다.

시설이나 트레이너의 수준은 떨어질 수 있지만 기본적인 부분은 같았다.

그 기본적인 부분이란 바로 선수를 납득시킨다는 것이다.

예를 들어 하나를 가르치면 이 훈련이 필요한 이유, 발전될 부분에 대해 이야기를 해준다. 그러면 선수는 그것을 생각하고 훈련을 하기 때문에 더 빠르게 자신의 것으로 만든다.

하지만 고교야구는 그런 게 전혀 없다. 오직 코치, 감독의 경험에 따른 훈련법을 주먹구구식으로 선수들에게 주입한다. 훈련에 대한 설명도 없기 때문에 그저 몸에 익힐 뿐이다.

'이 방법이 나쁘다고는 할 수 없다. 단기적으로 선수를 키우고 단체경기를 뛰게 하는 데는 이 방법이 더 효율적일 수 있어.'

모든 선수가 같은 훈련을 받기 때문에 수준을 비슷하게 가져갈 수 있다는 장점이 있었다.

'하지만 장기적으로 봤을 때 개인적인 노력과 재능이 없다면 뛰어난 선수가 나올 수 없는 구조다.'

어릴 때는 의구심 없이 훈련에 열중했다.

그러나 지금은 그럴 수 없었다.

하지만 지금의 그가 무언가를 할 수 있는 방법은 없었다.

'일단 단체 훈련에서 빠질 방법은 없다. 열심히 하고 개인 시간을 쪼개 훈련을 해야겠다.'

복귀 첫날,

정찬열은 자신의 훈련 스케줄을 결정했다.

* * *

일주일 뒤,

아버지인 정기홍이 학교로 찾아왔다.

감독님의 양해를 구하고 오랜만에 아버지와 함께 외출을 할 수 있었다.

두 사람이 향한 곳은 인근의 중국집이다. 지금이나 미래나 아버지는 중국요리를 사랑하는 분이셨다.

"여기 탕수육 대자에 칠리새우 하나 주시고 삼선짜장 곱빼기에, 볶음밥도 먹을래?"

"예!"

"볶음밥이랑 우동 한 그릇 줘요."

"아이고, 두 사람이 그 많은 걸 다 먹어요?"

"이놈이 야구를 해서 그 정도는 먹어줘야 됩니다."

고개를 끄덕이면서도 '많을 텐데……'라며 중얼거리는 아주머니의 모습에 절로 웃음이 나왔다.

물 잔에 물을 따른 정기홍이 먼저 이야기를 꺼내셨다.

"어제 김태원 팀장을 만나고 왔다."

돌려 말하는 걸 싫어하시는 아버지가 본론을 꺼내자 정찬열의 얼굴에 일순 긴장감이 나타났다.

"계약을 진행하자고 했다."

"감사합니다."

그럴 거라 예상은 했지만 실제로 자신의 결정권을 존중해 주신 아버지가 고마웠다. 고개를 숙이는 아들의 모습에 머쓱한 듯 헛기침을 하며 말을 이었다.

"이제 와서 물어봤자 늦었지만 정말 후회하지 않을 자신이 있는 거냐?"

"예, 그리고 후회할 이유도 없습니다. 차후 FA나 포스팅 제도를 통해 미국 진출을 노릴 수 있으니까요."

"흠, 너무 먼 미래를 이야기하는구나. 일단 인천 와이번스에서 자리를 잡는 걸 생각해야 된다. 박현우 선수가 비록 나이를 먹었다지만 여전히 만만한 상대가 아니야."

"예."

"그 뒤를 받치고 있는 백업 선수도 수두룩하다. 박민혁, 장태길 등 말이다."

"지금보다 더 노력하겠습니다."

"흠…….."

아들이 저렇게까지 이야기하니 더 이상 할 말이 없었다.

그저 믿을 수밖에.

"그래, 널 믿는다."

아버지의 한마디에 정찬열은 울컥했다.

믿는다는 말.

미국에서 자리를 잡지 못하던 8년 동안 매일같이 해주시던 말이었다. 아버지는 언제나 자신을 믿어주셨다.

그리고 자신은.

'그 믿음을 매번 배신했었다.'

이제는 그런 못난 아들이 되고 싶지 않았다.

그는 미국 생활을 하며 한 번도 하지 못했던 이야기를 진심을 담아 말했다.

"그 믿음에 꼭 보답하겠습니다."

설마 이런 대답이 나올 줄은 몰랐던 정기홍의 얼굴에 일순간 어색함이 감돌았다. 하지만 곧 철이 든 것 같은 아들의 모습에 함박웃음을 지었다.

"하하! 그래."

"자, 음식 나왔습니다."

때마침 주인아주머니가 음식을 가져오셨다.

"자, 먹자!"

"잘 먹겠습니다."

정찬열은 아버지가 시켜 주신 모든 음식을 깔끔히 비웠다.

* * *

1차 지명이 끝났지만 정찬열은 대회에 출전해야 했다.

졸업을 하기 전까지는 고등학생 신분이었고 소속 역시 대승고등학교였다.

하지만 정찬열은 나머지 대회에 출전을 하지 않게 됐다.

내년 시즌 사라지는 정찬열 대신 2학년 포수에게 경험을 쌓게 하는 것이 낫다는 감독의 판단이었다.

그리고 또 하나.

바로 아시아청소년야구 선수권 대회 때문이었다.

'분명 일본이 이겼었지.'

이 대회를 한 번 경험했던 정찬열은 대회의 승패를 알고 있었다.

한국은 준우승을 차지하고 일본이 우승을 했다.

'이번에는 우승을 하고 싶다.'

2005년 청소년 국가대표의 면면을 살펴보면 대단했다.

특히 탈고교급 투수로 불리던 한승현, 류성일의 이때 명성은 정말 대단했다.

'성일이는 나중에 메이저리그에 진출하지.'

자신이 마이너리그에서 맴돌고 있을 때, 동기였던 류성일이 LA다저스와 계약을 맺었다. 그때 정찬열은 자괴감과 함께 한국에 돌아가는 걸 진지하게 고민했었다.

'이제는 그런 후회를 남기고 싶지 않다.'

매 순간 최선을 다하고 싶었다. 후회스런 삶은 한 번이면 족했으니까.

그는 훈련에 열중하며 대표팀 소집일을 기다렸다.

동대문야구장 회의실.

허름한 방 안에 십수 명의 앳된 소년이 삼삼오오 모여 인사를 나누고 있었다.

오늘은 청소년 대표팀 소집일.

그동안 적이 되어 싸우던 소년들이 하나가 되어 팀을 이루는 날이었다.

"이야~ 오랜만이다."

"한 달 전에 봐놓고는 무슨!"

"이번에 타이거즈랑 입단 계약했다면서? 축하한다!"

2차 지명까지 끝난 시점에 대표팀에 뽑힌 선수들은 모두 프로에 지명된 이들이었다.

차후 한국 야구의 미래를 책임질 이들이 모여 있는 모습은 새삼 놀라웠다.

'모두가 그렇게 되는 건 아니지만.'

프로는 정글이다.

고교야구를 씹어 먹었다 하더라도 프로에 가서 실패하는 사람이 수두룩했다. 실제로 이들 중 기사에 얼굴이 나오는 이는 몇 되지 않았다.

그중 한 명인 류성일이 그에게 다가왔다.

"찬열아!"

"오랜만이다."

자신보다 큰 키에 산만 한 덩치의 류성일이 순박한 미소를 지으며 다가왔다.

학교는 달랐지만 같은 인천 출신으로 여러 번 대회에서 만났었기에 친분이 있었다.

"너 미국에 안 간다면서?"

"응, 한국에서 경험을 쌓을 생각이다. 넌 이글스와 계약했다는 소식 들었다."

"응, 1차 지명에서 떨어졌을 때는 엄청 조마조마했다니까. 뭐, 상대가 너니까 안 될 수도 있다는 생각을 했지만 말이야."

"이게 누구야? 미국에 간다고 하던 정찬열 씨 아니세요?"

이죽거리는 미소와 함께 체격이 좋은 사내가 비아냥거리

며 말을 걸어왔다.

그를 빤히 보던 정찬열은 한참 동안 고민하다 그에게 물었다.

"누구냐 넌?"

"이 새끼가 장난하나?"

"야야! 공성고등학교 에이스 기영이잖아."

류성일이 설명을 해주었지만 그럼에도 정찬열은 바로 기억을 하지 못했다. 곰곰이 생각한 끝에 그는 고등학생 시절 자신과 사이가 별로 좋지 않았던 우기영을 떠올렸다.

"아~ 미안, 내가 기억력이 별로 좋지 않아서."

대수롭지 않다는 듯 말하는 그였지만 우기영은 기분이 상할 대로 상했다.

그도 그럴 것이 얼마 전 청룡기 결승전에서 공성고와 대승고가 우승 자리를 놓고 싸웠었다. 그런데 기억을 못한다?

자신을 놀리는 거라 생각한 우기영이 인상을 팍 구겼다.

"너 이 새끼! 계약금 좀 많이 받았다고 아주 기고만장하네?"

어릴 때부터 경쟁의 세계에서 살아온 야구 선수들이다.

당연히 그 결과물이라 할 수 있는 프로 입단 계약금에 대해 민감할 수밖에 없었다.

정찬열의 입단 계약금 5억 원은 광주대일고 한승현의 10억 다음으로 많은 금액이었다. 당연히 그를 시기하는 이들도 있었다.

특히 비슷한 레벨이라 평가받던 선수들의 질투가 유독 심했다. 그중에는 우기영도 포함되어 있었고 말이다.

금방이라도 주먹을 날릴 것 같은 우기영의 모습에 정찬열은 웃으며 그의 어깨를 토닥였다.

"못 알아봐서 미안하다. 계약금 많이 받아서 무시한 게 아니야. 정말로 사과한다."

어린애들과 싸우면 무엇하나는 생각에 그는 먼저 사과를 했다. 그 모습에 할 말이 없어진 우기영은 더욱 화가 났다. 마치 어린아이 달래듯 하는 정찬열의 말투에 짜증이 난 것이다.

막 뭐라 하려는 순간,

부스스한 머리에 졸린 눈을 한 이가 다가왔다.

"뭐 하냐?"

"어? 스, 승현아. 아무것도 아니야."

"한 팀인데 다들 같이 잘 지내야지. 첫날부터 싸우고 그러냐."

"어? 어, 그래야지."

한승현이 나서자 더 이상 할 말이 없어진 우기영이 자리를 피했다.

정찬열은 이미 그런 우기영에게 관심을 끊었다.

그의 시선은 자신과 비슷한 키의 한승현에게 꽂혀 있었다.

역대 신인 최대 계약금 10억을 받은 파이어볼러 한승현.

2006년 신인 드래프트에서 최고의 선수로 주목받았으며 고교 시절 이미 150㎞ 이상의 공을 뿌리던 녀석이다.

'하지만 프로에 가서 망가진다.'

아니, 어쩌면 이미 망가져 있을 수도 있었다.

그만큼 현시점의 고교야구는 기형적인 구조로 이루어져 있었다.

성장해야 될 시기, 보호받아야 될 선수들이 혹사를 당했다.

'뭐, 당장 내가 신경 써야 될 문제는 아니지.'

당장은 자신의 성장에 신경을 써야 했다. 남에게까지 눈을 돌릴 여유는 없었다.

그사이 한승현도 몸을 돌려 자신의 자리로 돌아갔다.

한바탕 폭풍이 휘몰아친 뒤 감독과 코치가 들어와 간단히 인사를 나누었다.

"다들 반갑다. 이번 대표팀의 감독을 맡게 된 윤여강이다. 모두 알겠지만 우리의 목표는 우승이다. 국가의 명예를 위해 화합하여 잘해보자!"

"예!"

국가의 명예라는 부분에서 웃음이 나왔다.

일반인은 물론이거니와 야구팬들에게도 청소년들의 아시

아대회는 관심 밖의 일이었다.

그렇다 하더라도 이번 대회는 자신에게 매우 중요했다.

'지금의 내 상태를 정밀하게 알아볼 수 있다.'

회귀 후, 정찬열은 이렇다 할 대회에 출전할 기회가 없었다.

프로 진출이 확정된 이상 그를 무리해서까지 출장시킬 이유가 없었기 때문이다.

덕분에 연습 경기에서의 데이터밖에는 없었다.

그래서 이번 대회를 통해 데이터를 보충할 계획이었다.

2장
아시아청소년선수권 대회

보름 뒤.

청소년 국가대표가 모두 소집되어 합동훈련에 들어갔다.

오전에는 체력 훈련을, 그리고 오후에는 실전 연습을 통해 선수단과 호흡을 맞추면서 동시에 실전 감각을 끌어 올렸다.

상대는 서울 베어스의 2군이었다.

2군이라고는 해도 프로 팀과 연습을 치르는 건 이례적인 일이었다.

그만큼 야구협회에서 이번 대회에 큰 관심을 두고 있었다.

"배터리는 한승현과 정찬열이 호흡을 맞춘다."

감독의 말에 고개를 돌려 한승현을 바라봤다.

때마침 그도 자신을 보고 있었기에 시선이 마주쳤다.

'한승현과 배터리라……'

이전에는 어떻게 경기를 치렀는지 잘 기억이 나지 않았다.

사실 이때쯤에는 자신이 볼배합을 하기보단 벤치에서 나오는 대로 사인을 냈다.

'투수에 대한 정보가 많지 않으니 당장은 그렇게 해야겠지.'

당장은 말이다.

오전 훈련이 끝나자 그라운드에 서울 베어스 유니폼을 입은 선수들이 모습을 드러냈다.

"오오! 양기용 선수다!"

"저기 윤민수 선수도 있어!"

2군이라고는 해도 1군에서 내려온 선수도 있었다.

선망의 대상이라 할 수 있는 프로 선수를 보며 좋아하는 아이들과 달리 정찬열은 캐치볼에 열중했다.

덕분에 그의 상대를 하고 있는 류성일은 프로 선수들을 구경할 수 없었다.

"흡!"

펑―!

"야야! 좀 살살 던져! 아직 경기 전인데 왜 이렇게 세게 던져?"

류성일이 울상을 하며 소리쳤다.

괜한 소리가 아니었다. 정찬열이 던지는 공은 마치 돌 같았다. 손바닥이 얼얼할 지경이었다.

하지만 정찬열은 신경 쓰지 않았다. 오히려 공의 속도를 조절해 던지며 상태를 체크했다.

'손가락에 긁히는 느낌이 나쁘지 않다.'

이후에도 정찬열은 타격, 블로킹 훈련을 이어 하면서 상태를 살폈다. 그리고 확실히 결론을 내렸다.

'미국에 있을 때의 내 몸 상태는 정말 최악이었군.'

지금의 움직임이 스포츠카를 운전하는 것 같다면 미국에 있을 때는 10년은 된 국산 차를 운전하는 기분이었다.

'파워는 미국에 있을 때가 더 좋다. 하지만 고작 그거 하나야. 몸의 유연성도 지금이 좋고 무엇보다 싱싱하다.'

미국에서 방황하던 시절.

성적이 제대로 나오지 않자 조바심을 느꼈다.

조바심은 곧 무리한 플레이, 타격 밸런스의 붕괴로 이어졌고 결과는 부상으로 이어졌다.

하지만 부상을 숨긴 채 경기에 출장했다. 자리를 제대로 잡지 못한 불안감에 잘못된 선택을 한 것이다.

그로 인해 부상은 더욱 심해졌다.

고교 시절 가지고 있던 잠재력을 제대로 터뜨리지 못한 이유였다.

"찬열아."

그때 한승현이 다가왔다.

"우리 사인 좀 맞춰보자."

"그래."

두 사람이 배터리로 호흡을 맞추는 건 오늘이 처음이었다. 당연히 사인이 다를 수밖에 없었다.

"네가 던질 수 있는 공이 패스트볼, 슬라이더, 그리고 포크볼이었나?"

"응, 그리고 커브도 던질 수는 있어."

"좋아, 그럼 구종은 이렇게 결정짓고 코스는 이런 식으로 가자."

"간단하네."

"괜히 복잡하게 갔다가는 우리가 헷갈릴 수도 있으니까."

"그렇긴 해."

"그럼 간단히 던져보자. 어깨는 잘 달궈졌지?"

"응."

고개를 끄덕이는 한승현을 마운드에 두고 정찬열은 캐처 박스에 가서 앉았다.

그러자 주변에서 연습하고 있던 서울 베어스 2군 선수들이 하나둘 다가와 한승현을 주시하기 시작했다.

'확실히 주목을 받는군.'

하지만 그의 주목은 몇 년을 가지 못한다.

아마추어 시절에도 혹사를 당했지만 프로에 가서도 변하는 건 없었다. 오히려 더욱 심한 혹사를 당하며 수많은 수술을 하게 된다.

그렇게 그 역시 사람들의 뇌리에서 잊혀진다.

"간다!"

마운드 위의 한승현이 외쳤다.

덕분에 상념을 깬 정찬열은 미트를 내밀었다.

와인드업을 한 한승현이 가볍게 공을 뿌렸다.

쐐액-!

퍽-!

미트에 박히는 공이 묵직했다.

'지금 보니까 확실히 보이네. 공의 무브먼트가 엄청나다.'

직구라고 해서 공의 변화가 없는 건 아니었다.

미세하게 변화가 일어나는데 그것이 관중들이나 TV, 카메라에는 보이지 않을 뿐이다.

하지만 타자나 포수의 눈에는 분명히 보였다.

어린 시절 한승현의 공을 받았을 때는 그게 보이지 않았었다.

그러나 지금은 확실히 보였다.

한승현의 공은 홈 플레이트 부근에서 엄청나게 변화했다.

'내가 타자였다면 치기 싫었을 공이다.'

실제로 한승현과 만나 10타수 2안타를 기록했다.

성적이 말해주듯 적으로 만났을 때 상성이 좋지 않았다.

'정말 아까운 투수야.'

이런 투수가 혹사를 당해 사라졌다는 게 계속해서 아쉬웠다. 하지만 자신이 할 수 있는 건 없었다. 그는 다시 한 번 찾아온 상념을 지우고 볼배합에 대해 생각했다.

"이야~ 저거 정말 물건이네. 이제 19살짜리가 무슨 공을 저렇게 던져?"

서울 베어스 2군 감독 김태영이 한승현의 피칭을 보며 감탄했다.

"그러게 말입니다. 요즘 애들은 먹는 걸 잘 먹어서 그런지 몸도 좋고 공도 정말 빠르네요."

투수 코치가 맞장구를 쳤다.

"광주 타이거즈는 좋겠네. 저런 녀석을 잡고 말이야."

"한 1~2년만 2군에서 제대로 굴리면 엄청나지겠죠?"

"그렇겠지. 1선발은 맡아 놓은 거 아니겠냐?"

한승현에 대한 칭찬이 줄을 이었다.

그만큼 공이 좋고 구속도 빨랐다. 무엇보다 앞으로의 성장 가능성도 높았다.

"자자, 적의 칭찬은 그쯤하고 어떻게 상대할까?"

"뭐, 그냥 애들한테 맡기면 되지 않을까요? 어차피 저 시기의 애들 볼배합이야 장난 아닙니까?"

투수 코치의 말에 김태영은 고개를 끄덕였다.

"그렇지?"

고교야구의 볼배합은 매우 단순하다.

던질 수 있는 구종이 많지 않다는 게 첫 번째 이유고, 주무기를 많이 사용해서가 두 번째 이유다. 그리고 전력 분석이 제대로 이루어지지 않는 것도 있었다.

야구부에 대한 학교의 지원은 정말 최소한으로 이루어진다. 감독, 코치들의 월급, 그리고 운동장을 사용할 수 있게 해주는 게 학교의 지원이었다.

그나마 명문고라면 별도의 기숙사 건물이 있지만 그게 아니라면 인근의 주택에 기숙사를 차리는 경우도 있었다.

그런 각박한 지원 속에서 제대로 된 전력분석원까지 둘 수는 없는 노릇이었다.

"어차피 직구와 슬라이더 투피치로 갈 겁니다. 그 정도면 애들한테 맡겨도 충분합니다."

"그럼 우리는 좀 쉬자고."

시합을 앞둔 상황이지만 서울 베어스에는 긴장감이라곤 전혀 없었다.

연습이 모두 끝나고 양 팀이 그라운드에 나왔다.

형식적인 인사가 끝나고 청소년 대표팀의 공격으로 경기가 시작됐다.

마운드에는 1군에도 간혹 모습을 보였던 프로 7년 차 윤명훈이 올라왔다.

타석에는 빠른 발과 정확한 타격이 일품인 민병기가 들어섰다.

"저놈이지? 우리 팀에 오는 게."

김태영이 민병기를 손가락으로 가리키며 물었다.

"예, 2차에서 뽑았다고 하더군요."

"그럼 내년부터 우리 밑에 오겠네. 어떤 놈인지 잘 봐 둬야겠군. 제대로 승부해 보라고 해."

"알겠습니다."

김태영의 지시를 받은 코치가 사인을 내보냈다.

포수는 그 사인을 다시 투수에게 전달했다.

'이런 놈들을 상대로 제대로 승부하라니.'

윤명훈은 자존심이 상했다.

비록 1군 주전은 아니지만 그래도 프로였다.

상대가 2차 지명을 받은 예비 프로라고는 하지만 상황이 달갑지는 않았다. 그렇다고 사인을 무시할 생각도 없었다.

'그렇다면 프로의 벽을 느끼게 해주마!'

와인드업과 함께 공을 뿌렸다.

구종은 직구, 코스는 무릎 높이의 낮은 코스였다.

펑-!

"와!"

"빠르다!"

청소년 대표팀의 선수들이 일제히 탄성을 터뜨렸다.

그만큼 빨랐고 코스도 적절했다. 타자인 민병기가 배트조차 내밀지 못할 정도였다.

하지만 단 한 사람.

정찬열은 무심한 표정으로 상황을 지켜봤다.

'구속은 140 초반대일 거 같은데, 공이 빠르게 보이는 건 볼 끝이 좋아서다.'

구위가 좋은 공은 사람의 눈에 더 빠르게 보인다.

윤명훈의 공이 딱 그랬다.

'뭐, 못 칠 공도 아니지만.'

윤명훈에 대한 정보가 있는 건 아니지만 그렇게 강력한 공은 아니었다. 실제로 타석의 민병기는 별로 당황하지 않고 있었다.

냉정하게 타석에서 물러나 배트를 휘두르며 타이밍을 쟀다.

'오호, 짧게 쥐었군.'

배트를 짧게 쥐었다는 건 파워를 포기하고 정확하고 빠른 스윙을 해 공을 치겠단 의미였다.

그것을 눈치챘는지 윤명훈은 2구와 3구를 연달아 변화구를 던졌다. 하지만 민병기는 배트를 내밀지 않았다. 선구안이 좋은 것이다.

'확실히 미래 서울 베어스의 1번 타자가 될 재목이야.'

미국에 있던 시절,

정찬열은 인터넷을 이용해 동기들에 대한 소식을 접했다.

민병기 역시 소식을 접할 수 있는 몇 안 되는 선수 중 한 명이었다.

입단 당시에는 크게 주목을 받지 못했지만 몇 년 뒤 국가대표 우익수로 성장할 정도로 대단한 성장세를 보였다.

그리고 그 재능이 지금 나타났다.

딱―!

"맞았다!"

"달려!"

4구째 밋밋하게 휘어지는 슬라이더를 그대로 때려 중견수 앞에 떨어지는 안타를 만들어냈다. 프로를 상대로 뽑아낸 안타에 대표팀은 흥분하기 시작했다.

하지만 거기까지였다.

안타를 맞아 자존심이 상했는지 윤명훈이 완급 조절까지 해가면서 공을 던지자 2번 타자는 2번의 번트를 모두 실패해 볼카운트가 몰렸다.

　벤치에서는 작전을 취소했고 강공으로 전환했지만 이미 기세에서 눌린 타자는 헛스윙으로 삼구삼진을 당했다.

　그리고 3번 타자도 순식간에 두 개의 스트라이크를 먹으며 공격이 이어지지 않았다.

　'그래도 나까지는 오겠네.'

　4번 타순으로 타석에 서는 정찬열은 유심히 윤명훈의 투구를 지켜봤다.

　'던질 수 있는 구종은 포심, 투심, 포크볼이랑 슬라이더 정도인가?'

　선발이기에 적당한 숫자였다.

　'하지만 위협적인 구종은 포심과 포크볼 정도다. 슬라이더는 각이 밋밋하고 투심은 변화가 적어.'

　포수인 김동진도 그것을 아는지 포심과 포크볼, 투피치로 사인을 내고 있었다.

　'포심으로 카운트를 잡고 결정구로 포크볼을 던진다. 정석대로군.'

　이 시기 한국 야구는 발전하는 과정에 놓여 있었다.

　투수가 던질 수 있는 구종은 한계가 있었고 볼배합 역시 단순해질 수밖에 없었다.

　'게다가 상대는 청소년 대표팀일 뿐이지. 안타를 맞아서

자존심이 상했지만 그렇다고 포수의 볼배합이 실전과 같아지지는 않아.'

실제로 흥분하고 있는 윤명훈과 달리 김동진은 냉정하게 사인을 내고 있었다.

'게다가 아까부터 칠 수 있을 만한 위치로 공을 던지게 하고 있어. 역시 베테랑은 다르다 이건가?'

최근 몇 년간 2군에 있는 시간이 길어졌지만 김동진은 90년대를 대표하는 포수 중 한 명이었다.

그는 이번 시합의 목적이 대표팀의 컨디션 조절이란 걸 알기에 기를 살려줄 목적으로 단순한 구종 그리고 쉬운 코스에 공을 요구했다.

그런데 윤명훈이 흥분해서 전력투구에 완급 조절까지 해버렸다. 게다가 기세에도 눌려 제대로 된 스윙을 하지 못하고 있었다.

팡-!

"스트라이크! 아웃!"

"큭......!"

3번 타자가 4구 만에 스탠딩삼진을 당하고 물러났다.

마지막 공은 분명히 실투였다.

포크볼이었는데 제대로 떨어지지 않아 한가운데에 꽂혔다. 한데 긴장한 나머지 스윙을 하지 못했다.

'아이고, 아까워라.'

정찬열은 그렇게 생각하며 물러나는 3번 타자 김민훈의 어깨를 두드려 주고는 타석에 들어섰다.

"잘 부탁드립니다."

구심과 포수, 그리고 투수에게 인사를 한 정찬열이 타석에 섰다.

그를 지켜보는 눈들이 빛났다.

"저놈이군. 타자들 중 최고액을 받았다는 정찬열이."

"예, 미국에 간다 어쩐다 말이 많았는데 결국에는 한국에 남겠다고 했나 보더라고요."

"요즘 애새끼들은 개나 소나 다 미국에 간다고 지랄하는 군. 한국에서나 똑바로 하지 말이야."

"그러게 말입니다. 어떻게 본때 좀 보여줄까요?"

투수 코치의 말에 김태영은 곰곰이 생각을 하다 고개를 저었다.

"됐어. 괜히 부상이라도 입으면 우리 쪽만 이미지가 나빠지지. 그냥 프로가 어떤 곳인지만 느끼게 해줘."

"알겠습니다."

투수 코치가 내는 사인을 본 김동진이 한숨을 쉬었다.

'어린애들을 데리고 뭘 저렇게 본격적이신지.'

한심하기도 하면서도 이해가 안 되는 건 아니었다.

정찬열은 프로들 사이에서 유명했다.

메이저리그를 노린다니, 진짜 야구를 배우러 미국에 가겠다니 하는 인터넷 기사를 본 프로 선수들은 기분이 나빴다.

또한 그가 1차 지명을 받고도 아예 계약에 나서지 않았다는 소식이 전해지자 안 좋은 소리를 하는 선수들이 나오기 시작했다.

마치 한국 야구에는 관심이 없다는 그의 태도에 화가 난 것이다.

그런 정찬열이 느닷없이 인천 와이번스와 계약을 했다.

그 소식에 단단히 벼르는 프로 선수들이 있었다.

선수들만이 아니었다. 프로야구의 원년을 체험한 지도자들 역시 그를 탐탁지 않아 했다.

즉, 프로의 세계에서 그에게 아군은 없다는 소리였다.

그리고 정찬열은 그런 분위기를 감지하고 있었다.

'이거야 원, 사방에서 날 죽이려는 눈빛들이 쏟아지네.'

사실 이런 일이 벌어질 거란 예상은 하고 있었다.

미국에서 지낼 때 한국으로 돌아갔던 선배들이 몇몇 있었다. 당시 친분이 있었던 몇몇 선수에게 들은 바로는 텃세가 심해 힘들다는 이야기였다.

그런 이야기를 들었기에 한국에 남기로 결정했을 때 견제가 있을 거란 생각은 했다. 하지만 이렇게까지 심할 줄은 몰랐다.

그러나.

'어차피 한국도 야구를 하는 곳이다. 모든 논란은 실력으로 잠재우면 돼.'

단순하게 생각하면 됐다.

논란이 있으면 그것을 야구로 잠재우면 된다.

정말 잘못된 일, 약물이나 범죄가 아닌 이상 대부분의 논란은 실력 하나로 잠재울 수 있다.

'경기에 집중하자.'

가볍게 배트를 돌리며 모든 잡념을 지웠다.

그리고 집중력을 끌어 올려 윤명훈의 시선을 마주했다.

'오늘 경기에서 윤명훈은 3타자를 상대하며 모두 초구 스트라이크를 던졌다. 그중에서 2개의 공이 포심이었고 1개가 슬라이더였다.'

정찬열의 머리가 빠르게 회전했다.

'또다시 초구에 스트라이크를 잡으러 올 거다. 구종은 포심을 노리자.'

결정을 내리고 배트를 쥐었다.

"응? 찬열이가 원래 저런 식으로 쳤나?"

"글쎄요, 청룡기에서도 저런 폼이 아니었는데."

대표팀 벤치가 술렁였다.

2003년 고교야구에는 큰 사건이 일어났다.

바로 알루미늄 배트의 사용 금지라는 희대의 규칙이 생긴 것이다.

고교 선수들이 프로에 가서 바로 적응할 수 있게 하겠다는 명목이지만 그 여파는 대단히 컸다.

일단 고교야구에서 홈런이 사라졌다.

대회 홈런왕의 기록이 1개라는 웃지 못할 상황이 연출이 됐다.

자연스레 타자들은 성적을 내기 위해 장타보다는 단타에 집중했고 타격폼도 작아졌다.

정찬열도 2학년 때와 3학년 때의 타격폼이 조금 달라졌다. 운이 따라 홈런을 6개나 때려 내긴 했지만 타 대회까지 포함하면 평균 3개의 홈런을 때려낸 그였다.

그런데 오늘은 준비 자세가 달랐다. 배트의 끝을 잡더니 박스의 뒤쪽에 서서 곧게 치켜세웠다.

장타를 노리겠다는 뜻을 여과 없이 내비치고 있는 폼이었다.

'한 방 쳐 보고 싶다 이거지.'

윤명훈은 직접 사인을 냈다.

정면 승부를 하겠다는 뜻이었다. 김동진은 한숨을 내쉬면서도 사인을 받아줬다.

'어른답지 못하게…….'

마음에 들지는 않았지만 투수의 자존심을 건드릴 필요는 없었다. 사인이 떨어지자 윤명훈이 와인드업을 했다.

"흡!"

기합 소리와 함께 그의 손에서 공이 떠났다.

그 순간 정찬열의 다리가 부드럽게 돌아가면서 허리가 회전했다. 그 회전은 멈추지 않고 상체로, 그리고 마지막에는 팔까지 이어졌다.

딱–!

임팩트 직전 힘을 집중시켜 배트에 가속도를 더했다.

경쾌한 소리와 함께 날아가는 공을 보지도 않은 채 정찬열은 배트를 땅에 내려놓고 1루로 산책하듯 뛰어갔다.

"오오오오!"

"넘어갔다!"

대표팀 선수단이 일제히 환호를 질렀다.

프로를 상대로 점수를 뽑아냈다. 그것도 홈런으로 말이다. 기세가 오르는 건 당연했다.

반대로 윤명훈은 지금 이게 무슨 일인가 싶은 표정이었다. 자신의 눈으로 보고도 믿기지 않았다. 그만큼 잘 던진 공이었다.

그런 공이 넘어갔다. 변명의 여지가 없었다.

'저 새끼 뭐야?'

제정신으로 돌아왔을 때 떠오른 생각이었다.

놀란 건 김태영도 마찬가지였다.

'중심 이동이 탁월하다. 공을 때리는 순간에 힘을 집중시키는 것도 좋았어. 무엇보다 나무 배트를 사용할 줄 알아.'

2005년 현재 3학년은 알루미늄 배트를 사용하다 나무 배트로 넘어온 세대였다.

나무 배트에 적응하긴 했지만 제대로 다룰 줄 아는 선수는 손에 꼽을 정도로 적었다.

그런데 정찬열은 배트의 스위트 스폿을 이용해 제대로 타격을 했다.

'게다가 힘도 상당히 좋군.'

손목의 힘이 강했다.

유연성도 좋아 스윙을 하면서 끊어지는 부분이 없었다.

마치 물이 흐르듯 자연스럽게 타격이 이루어졌다.

'대단한 놈이군.'

타격 하나만 놓고 보면 미국에서 러브콜을 보낸 이유를 알 수 있었다.

저런 타격은 요행으로 나올 수 없는 것이었다.

내야를 모두 돌고 홈에 들어온 정찬열은 가볍게 고개를 숙이고 더그아웃으로 돌아갔다.

"최고다! 찬열아!"

"첫 타석부터 홈런이라니!"

"정말 멋졌어!"

동료들이 홈런을 치고 돌아온 그를 열렬한 환호로 맞이해 주었다.

가볍게 하이파이브를 한 정찬열은 급히 포수 장비를 착용하기 시작했다. 포수의 비애였다. 공격이 끝나면 곧장 수비로 들어간다.

다른 선수들은 그저 모자를 눌러쓰고 글러브를 끼고 나가면 되지만 포수는 달랐다.

몸을 보호해 줄 프로텍터를 착용하고 무릎과 발등을 보호해줄 렉가드까지 착용해야 했다. 그리고 포수 헬맷에 마스크까지 쓰는 데 많은 시간이 소요된다.

이 무거운 장비들을 착용하고 경기 내내 앉았다 일어나기를 반복해야 되니 얼마나 고된 일인지 말하지 않아도 알 수 있었다.

딸칵-!

마지막 렉가드를 잠그자 때마침 5번 타자가 내야 땅볼을 치고 아웃을 당했다.

그는 한 손에 미트를 들고 다른 손에는 마스크를 든 채 캐처 박스로 걸어갔다. 그때 선발투수인 한승현이 다가왔다.

"홈런 축하한다."

"어차피 연습 경기인데 무슨 축하까지."

"그래도 프로 선수를 상대로 뽑아낸 홈런 아니냐? 조금은 기뻐해야 되는 거 아니야?"

"우리도 내년부터는 프로다."

그의 말에 한승현이 피식 웃었다.

"그렇지."

"너도 오늘 무리하지 말고 살살 던져라. 괜히 상대가 프로랍시고 전력으로 부딪힐 생각하지 말고."

한승현의 동공이 흔들렸다.

"알고 있었냐?"

"너희들 나이 때는 호기심이 충만해서 능력을 시험해 보고 싶거든. 게다가 상대는 프로니 한 번쯤 제대로 붙어보고 싶겠지. 아서라, 그러다가 어깨 나간다. 어차피 내년부터 매일같이 붙어야 될 놈들이야. 그러니까 괜히 호승심 부리지 말고 컨디션이나 점검하는 차원에서 던져."

자신이 할 말만 하고 캐처 박스로 걸어가는 그를 바라보던 한승현이 어이없다는 표정을 지었다.

"지도 동갑이면서."

그러면서도 전력투구를 하겠다는 마음은 고쳐먹었다.

정찬열의 말대로 연습 경기에서 굳이 무리를 할 필요는 없다고 판단한 것이다.

　연습 투구가 끝나자 타자가 타석에 들어섰다.

　그 모습을 지켜보던 대표팀 더그아웃에서 윤여강이 투수 코치에게 물었다.

　"다른 애들도 미리 준비시켜. 오늘 경기에서 애들 상태를 모두 보고 싶으니까."

　"알겠습니다."

　대표팀의 호흡을 맞춰 볼 시간은 제한적이었다.

　그렇기에 최대한 많은 선수를 기용할 생각이었다.

　포수인 정찬열 역시 마찬가지였다.

　대표팀 주전 포수가 될 가능성이 높았지만 다른 선수들 역시 시험해 봐야 했다.

　'정찬열의 타격은 예전부터 나무랄 곳이 없었다. 장타만 노린다는 느낌은 있었지만 그만큼 결과를 냈지. 하지만 포수로서의 정찬열은? 아직 부족한 부분이 많다.'

　윤여강의 시선이 그라운드로 향했다.

　"플레이볼!"

　심판의 사인에 서울 베어스 2군의 공격이 시작됐다.

　연습 경기라고는 해도 청소년 대표팀의 부모들이 경기장을 찾았다.

그리고 아마추어 경기에 관심이 있는 신문기자도 몇몇 관중석에 앉아 있었다.

그들 중에는 야구 전문 기자인 이민구도 있었다.

아직 경력은 많지 않지만 야구 선수 출신으로 날카로운 기사를 쓰는 기자였고 특히 아마추어 야구에 관심이 많은 걸로 알려져 있었다.

펑—!

"스트라이크!"

한승현이 던진 초구, 포심 패스트볼이 바깥쪽 외곽을 날카롭게 찔렀다.

'구속은 142㎞, 평균보다 낮지만 코너워크가 날카롭다.'

다소 의외였다.

강속구로 이름을 알린 만큼 초구부터 전력으로 던질 거라 생각했다. 물론 140㎞가 넘는 속구를 초구에 던졌으니 느리다고는 할 수 없다. 하지만 명성에 걸맞은 구속은 아니었다.

'구속을 줄이고 제구를 살린다. 정석대로지만 한승현의 스타일은 아니야. 포수인 정찬열의 요구인가?'

노트에 적어 가던 정찬열이란 이름을 멈추고 그 위에 볼펜으로 선을 그었다.

'아니야, 정찬열은 타격 쪽에 재능이 있는 선수다. 포수로서는 아직 부족하다는 평가가 많아. 게다가 내가 봤었던 정찬열도 포수로 부족한 점이 많았다. 그런 녀석이 투수에게 조언을 했을 리가 없어. 벤치 쪽에서 나온 지시겠지.'

후웅—!

펑—!

"스트라이크! 투!"

2구는 포크볼이었다.

스트라이크존에서 떨어지며 원바운드가 되는 공에 배트가 힘없이 돌았다.

'좋은 블로킹이다. 예전에는 저런 공을 놓쳤던 정찬열이었는데…….'

장점이 뚜렷하면 단점은 덮어지게 마련이다.

정찬열이 딱 그런 케이스였다.

강한 어깨, 그리고 고등학생이라고 믿기지 않는 타격까지.

모든 이가 그를 칭찬했지만 전문가들의 시선에서는 부족한 게 많은 정찬열이었다.

치직—!

"스트라이크! 아웃!"

'저건?!'

이민구는 자신의 눈을 의심했다.

방금 전 스트라이크를 잡았던 공, 그건 분명 슬라이더

였다.

우타자 기준 밖으로 흘러나가는 공이었다.

포수의 뒤쪽이었기에 더 정확하게 볼 수 있었다.

'분명 볼이었다.'

공을 잡았던 위치는 스트라이크존 밖이었다.

그런데 그 순간 미트를 빠르게 공 반 개 정도 안쪽으로 잡아당겼다.

'심판의 눈을 완벽하게 속인 프레이밍이다.'

현장에서는 미트질이라 불리지만 정식 명칭은 프레이밍이다.

심판이 볼인지 스트라이크인지를 판단할 때 내리는 방법은 두 가지가 있다.

공이 홈 플레이트를 지나갈 때 판단하거나 포구된 미트의 위치를 보고 판단하는 방법.

프레이밍은 그런 심판의 눈을 속이는 거다. 공을 잡는 순간 아주 빠르고 미세하게 미트를 움직여 스트라이크존으로 옮긴다.

'방금 전의 프레이밍은 매우 훌륭했다. 글러브 웹으로 볼을 잡지 않고 끝으로 잡으면서 미트의 위치는 바깥쪽 존에 아슬아슬하게 걸쳤다.'

심판은 그 위치를 보고 볼 판정을 내렸을 것이다.

'포구할 때 난 소리가 이상한 것도 그 이유 중에 하나지.'

보통 글러브 웹으로 포구를 하면 팡―!이라는 경쾌한 소리가 난다. 하지만 방금 전에는 마치 가죽에 볼이 긁히는 듯한 소리가 났다.

정상적인 포구가 아니었다는 증거였다.

거기다가 미트를 약간 움직여 완벽하게 스트라이크를 만들어냈다.

'흥미로워.'

이민구의 노트가 정찬열에 관한 정보로 채워지기 시작했다.

* * *

경기는 투수전 양상으로 이어졌다.

윤명훈은 냉정을 찾고 자신의 공을 던지기 시작했다.

한승현 역시 초고교급이라는 평가를 받는 이유를 알려주듯 호투를 펼쳤다.

"야야, 대부분 2군에 있는 사람이 왜 저렇게 잘 던지는 거야?"

"그러게, 공을 건들지도 못하겠어."

친구로 보이는 두 사람이 나누는 대화에 정찬열은 어이가 없었다.

'2군이라고 해도 한때는 고교야구를 평정했던 이들인데…….'

많은 이가 착각하는 부분이 있다.

2군에 머무는 선수들은 실력이 없다고 생각하는 것이다.

하지만 그들 역시 한때는 고교야구에서 초고교급이라 불리며 스포트라이트를 받았던 선수들이다.

한 시대를 풍미하지 못했다면 애당초 프로에 지명조차 받지 못했을 것이다.

정찬열은 고개를 돌려 투수인 한승현을 바라봤다. 홀로 벤치에 앉아 날카롭게 선 집중력을 정돈하는 모습이 고등학생이라고는 믿기지 않았다.

'이전 삶에서는 몰랐지만 지금에 와서 보니 대단한 투수다.'

경험이 미천했던 과거의 자신은 한승현의 위대함을 몰랐었다. 그저 공이 빠른 투수라 생각했다. 하지만 경험이 쌓인 지금의 자신은 알 수 있다.

한승현은 이미 완성형에 가까운 투수다.

공이 빠른 건 그의 장점 중 하나에 불과했다. 무브먼트, 완급 조절, 정신력 등 투수가 갖춰야 될 덕목을 모두 갖춘 것 같다.

'이런 녀석이 사라지는 건가?'

본인이 경험했던 미래에선 한승현은 없었다.

투구 수 제한, 그리고 주말 리그가 아니던 고교야구에서 혹사를 당했다. 그때부터 부상의 그림자가 드리웠다. 하지만 프로에 가서도 팀의 사정, 거액의 계약금, 세간의 집중을 받으며 마운드에 설 수밖에 없었다.

처음 3년은 그래도 전천후의 활약을 펼쳤다.

팔꿈치가 좋지 않아 변화구를 거의 구사하지 못했음에도 직구 하나만으로 최강의 마무리로 군림했다.

하지만 폭탄은 결국 터지고 말았다.

그리고 폭발은 한 번으로 끝나지 않았다. 한 번의 부상은 도화선이 되어 잠자고 있던 부상들을 하나둘 깨워 그를 괴롭히기 시작했다.

수술과 재활, 그리고 복귀가 이어졌다.

그러는 사이 그 역시 사람들의 뇌리에서 점점 잊혀져 갔다.

'나와 비슷한 녀석이지.'

정찬열은 주변의 경기 상황을 보다 자신까지 타순이 돌아올 것 같지 않자 보호 장비를 착용하기 시작했다.

'그렇다고 내가 도와줄 방법은 없어. 내가 가서 뭐라고 얘길 하는데?'

'내가 미래에서 왔는데, 너 어깨 조만간에 작살난다'라고 이야기하면 나를 어떻게 볼까?

당장 정신병원에 집어넣지 않으면 다행이다.

게다가 귀찮은 일에 휘말리는 건 딱 질색이다. 그런 귀찮음을 감내할 정도로 친한 사이는 아니었다.

펑-!

"스트라이크! 아웃!"

그러는 사이 예상대로 타자가 삼진을 당하고 물러났다.

'게임에 집중하자. 게임에!'

뺨을 툭툭 치며 정신을 차리고는 캐처 박스로 뛰어갔다.

그런 정찬열을 바라보던 윤여강이 수석 코치에게 이야기했다.

"이번 이닝이 끝나면 류성일을 올리도록 해."

"알겠습니다. 포수는 어떻게 할까요?"

"내버려 둬. 조금 더 보고 싶으니까."

"예, 알겠습니다."

윤여강의 시선이 캐처 박스에 앉는 정찬열에게 고정됐다.

'신기한 놈이야.'

* * *

경기는 대표팀의 승리로 끝났다.

선취점을 뽑은 대표팀과 달리 서울 베어스 2군은 제대로 된 공격을 하지 못했다.

총 5안타를 때렸지만 영양가 있는 공격은 아니었다.

대표팀은 프로를 이겼다는 자신감을 얻으며 다음 연습 경기에 나섰다.

기세가 오른 어린 선수들은 이후 경기들에서도 뛰어난 활약을 보여주었고 처음에는 맞지 않던 호흡도 경기를 치러나갈수록 맞춰지기 시작했다.

그 결과 5전 4승 1패라는 준수한 성적으로 연습 경기를 마무리 지을 수 있었다.

* * *

마지막 경기가 끝난 다음 날,

정찬열은 대표팀 전용 훈련 시설에서 근력 운동을 하고 있었다.

"훅! 훅!"

코어 운동이란 말 그대로 몸의 중심 근육을 강화시키는 운동이다.

지금 시기에는 많이 알려진 운동법이 아니지만 몸의 밸런스를 잡아준다. 또한 모든 움직임이 코어에서 시작하기 때문에 매우 중요하고 효율적인 운동법이다.

회귀 후, 정찬열은 단 하루도 빼먹지 않고 코어 운동을 해 왔다.

덕분에 복부 주변의 군살들이 빠지고 근육이 자리를 잡기 시작했다. 원래 희미한 복근이 있긴 했지만 지금은 선명하게 변하는 중이다.

"후우—!"

깊은 숨과 함께 운동을 끝낸 정찬열은 비 오듯 흐르는 땀을 닦으며 수분을 보충했다.

"휴식일인데도 운동을 열심히 하는군요."

한 남자가 다가와 말을 걸자 정찬열은 멀뚱히 그를 바라봤다.

왜소한 체격에 안경을 쓴, 딱 범생이처럼 생긴 남자였다.

외모가 낯이 익긴 했지만 누군지는 떠오르지 않았다.

"투데이 베이스볼이라는 잡지사의 이민구입니다."

"아~!"

"절 아십니까?"

"아, 예, 어쩌다 보니 듣게 되었습니다. 날카로운 기사를 쓰신다고 칭찬이 많으시더군요."

"아직 어려서 그런가요? 그런 건 칭찬이 아니라 비꼬는 거죠."

이민구의 입가에 뒤틀린 미소가 지어졌다.

'아, 피곤한 타입이네.'

어떤 이야기를 하든 꼬아서 듣는 사람은 정찬열이 가장 어려워하는 타입이었다. 그랬기에 그는 어서 빨리 자리를 피하고 싶었다.

"그럼 전 운동을 좀 해야 돼서."

"바쁘신 게 아니시면 10분 정도만 시간을 내주실 수 있으십니까?"

몸을 돌리려던 정찬열이 의외라는 표정을 지었다.

설마 이민구가 자신을 인터뷰하려는 줄은 몰랐기 때문이다.

'감독을 만나러 왔다고 생각했는데…….'

약간은 귀찮았지만 그의 요청을 무시할 이유는 없었다.

이민구는 앞으로 4년 안에 야구계에서 꽤 영향력 있는 기자로 성장한다.

특히 독자들에게 인지도가 높았다.

정확하고 팩트가 있는 기사를 쓰기 때문이었다.

현재는 그저 그랬지만 미래에 유망한 기자가 되는 사람과 친해져서 나쁠 건 없었다.

그리고 또 하나.

"신문이나 포털에 올라가는 건가요?"

"예, 제 개인 블로그를 포함해서 올라갈 인터뷰입니다."

"그럼 하겠습니다. 저기 휴게실에서 할까요?"

아직 학생인 정찬열이 인터뷰를 할 기회는 별로 없었다.

들어온 기회를 차는 건 바보 같은 짓이다.

'방금 전까지는 귀찮다는 표정이었으면서⋯⋯.'

순식간에 얼굴을 바꾸는 정찬열을 보며 황당한 이민구였다.

두 사람은 휴게실에서 마주 보고 앉았다.

이민구는 미리 준비한 녹음기와 수첩을 꺼내고 인터뷰를 시작했다.

"경기 잘 봤습니다. 연습 경기지만 프로를 상대로 이기고 기분이 좋으시겠어요?"

"대수롭지 않게 생각합니다. 어차피 연습 경기였으니까요."

질문은 평범했다.

홈런을 쳤을 때 어떤 기분이었는지, 가장 많은 안타를 때려냈는데 어땠었는지, 아니면 미국 진출에 관한 이야기라든지 말이다.

사람들이 관심을 가질 만한 자극적인 질문들이 연이어 이어지자 정찬열은 속으로 한숨을 쉬었다.

'뭐야? 야구를 아는 기자라고 생각했는데, 질문들이 평범한데?'

미국에 있던 시절 이민구의 기사를 본 적이 있었다.

다른 기사들과 달리 자료가 충실하고 내용이 좋은 기사였었다. 특히 선수를 칭찬하면서도 비판하는 내용이 마음에 들었었다.

'흠, 시간이 흐르면서 경험이 쌓여 그런 기사가 나온 건가?'

그렇게 생각했을 때, 이민구가 느닷없이 녹음기의 전원을 껐다. 그리고 또 다른 녹음기를 꺼냈다.

"지금부터 질문은 공식 기사가 아닌 제 블로그에 올라갈 내용입니다. 대답하기 싫으시면 굳이 안 하셔도 됩니다."

'오호, 이런 식이었군.'

이민구의 나이라고 해봤자 20대 후반, 많아야 30대 초반으로 보였다.

그 나이에는 잡지사에 발언권조차 없는 시기다.

위에서 원하는 대로 기사를 써야 했고 그러기 위해서는 형식적인 인터뷰를 할 수밖에 없었다.

'하지만 개인 블로그라면 다르지.'

그러고 보니 미래의 이민구는 어느 잡지사에 소속된 게 아니라 프리랜서로 활동했다. 주 무대는 블로그였고 말이다.

"이번 연습 경기에서 매우 좋은 활약을 펼치셨네요. 다섯 경기 중 네 경기에 선발과 교체로 출전해서 총 14타석 12타수 8안타 2볼넷, 그중에 홈런 3개가 포함되어 있고 삼진은 하나도 없었네요."

"그렇습니까?"

"타격은 정말 고무적인 성적이군요. 하지만 제가 관심이 있는 건 포수로서의 정찬열 선수입니다."

이민구가 수첩을 넘겼다.

"현재 언론에서는 한승현 선수에 초점이 맞춰져 있습니다. 2경기에 나와서 모두 무실점을 기록했죠. 매우 좋은 기록입니다. 구속은 평균보다 조금 떨어졌지만 컨트롤이 살아났으니 약점이 없어진 거죠."

"좋은 투수입니다."

"예, 그렇습니다. 그리고 좋은 리드였습니다."

"예?"

"마지막 5경기에서 정찬열 선수는 선발에서 제외됐었습니다. 그 경기에서 한승현 선수는 2회를 책임졌는데 3피안타 1실점을 했죠."

"점수는 언제든지 줄 수 있는 거니까요."

"맞습니다. 제가 주목한 건 실점이 아닙니다. 호흡을 맞춘 포수에 따른 볼과 스트라이크의 비율입니다."

그가 수첩을 내밀었다. 거기에는 매 투구에 대한 볼과 스트라이크, 그리고 코스와 구종, 구속에 대한 내용이 매우 상세하게 적혀 있었다.

또한 포수의 프레이밍, 블로킹, 포일 등이 기록되어 있었다.

'대단하네.'

프레이밍은 아직 국내에서 주목받는 수치는 아니었다.

아니, 온갖 기록을 남기는 미국에서조차 기록하지 않는 것이 바로 프레이밍이었다.

그런데 이민구는 그것을 주목했다.

"거기 보시면 아시겠지만 한승현 선수가 첫 번째 경기에서 4이닝을 던지면서 총 61구를 던졌습니다. 그중에 스트라이크가 41개였고 볼이 20개였습니다. 아주 이상적인 비율이죠."

이민구가 손가락으로 5번째 경기의 기록을 가리켰다.

"하지만 박찬기 선수와 호흡을 맞췄을 때는 2이닝 동안 40개의 공을 던졌습니다. 스트라이크는 21개였고 볼은 19개였습니다. 비율이 극단적으로 나빠졌죠."

"설명이 자세하시군요."

"야구는 기록의 스포츠니까요. 사실 한승현 선수는 제구가 좋은 투수는 아닙니다. 제구만 놓고 보면 류성일 선수가 더 뛰어난 편입니다. 하지만 서울 베어스 2군과의 경기에서 보여준 피칭은 한승현 선수가 앞선다고 봅니다."

눈빛을 빛내며 그의 목소리가 조금 높아졌다.

"전 이 변화를 정찬열 선수에게 있다고 보는데, 어떻습니까?"

날카로운 질문이었다.

이민구가 어째서 미래에 그렇게 유명한 기자가 되는지 알 것 같았다.

그는 야구 전체를 보는 눈을 가지고 있었다.

무엇보다 지식이 풍부했다.

그가 돌출해 낸 결과는 분명 사실이었다.

한승현은 강속구 투수다. 150㎞ 이상의 공을 펑펑 던진다. 하지만 거기에 목을 매는 성향이 있었다. 흔한 일이었다.

어린 시절 빠른 공으로 두각을 나타낸 선수는 거기에 집착을 한다. 게다가 주변에서는 그 장점만을 집중적으로 칭찬을 한다. 그러다 보니 선수의 정체성은 어린 시절부터 정해지는 경우가 대부분이다.

'한승현이 딱 그런 케이스지.'

마이너리그 시절 많은 선수를 봐 왔다. 거기에는 한승현보다 더 빠른 공을 던지는 선수도 있었다. 하지만 그 선수는 강속구에 너무 집착해 결국 위로 올라가지 못했다.

그때 팀의 투수 코치가 조언을 해주었다.

강속구에 대한 집착을 버리고 완급 조절을 하라고.

그 뒤에 그는 새로 태어났다. 구속은 5마일 가까이 떨어졌지만 제구라는 또 다른 무기를 손에 넣었다. 그 결과 메이저리그에 콜업이 되었다.

'충격적이었지. 단순히 구속을 줄였는데 전혀 다른 투수가

됐으니까.'

그래서 한승현에게도 같은 주문을 했었다.

정확히 이야기하면 전력투구를 하지 말라는 이야기를 했고 그것이 잠재의식에 남아 있는 한승현은 힘을 빼고 공을 던졌다.

그렇다고 이런 사실을 그대로 말할 수도 없는 노릇이었다.

"그저 긴장을 했기에 조금 살살 던지라고 이야기를 했을 뿐입니다."

대답을 받았지만 이민구의 의문이 풀리기에는 부족한 대답이었다.

"그렇군요. 그럼 다음 질문입니다. 정찬열 선수는 투수 리드가 썩 뛰어난 포수는 아니었습니다."

정찬열의 짙은 눈썹이 꿈틀거렸다.

면전에 대고 단점을 이야기하니 기분이 나빴다.

그것을 눈치챈 듯 이민구가 사과를 했다.

"아, 기분이 상하셨다면 죄송합니다."

"아니, 뭐, 괜찮습니다. 없는 이야기를 말씀하신 것도 아닌데요."

"예, 그럼 계속 이야기하겠습니다. 어쨌든 그런 정찬열 선수의 리드, 프레이밍, 게다가 블로킹까지. 전체적인 능력이 갑자기 올라간 느낌입니다. 게임으로 치자면 레벨업을 했다는 느낌이랄까요? 청룡기 이후로 무슨 일이 있으셨던 겁니까?"

소문대로 날카로운 질문을 잘 던지는 이민구였다. 무엇보다 자신의 변화를 정확히 캐치하고 있었다.

야구에 있어 포수란 가장 할 일이 많은 포지션이었다.

기본적으로 공을 잡아야 한다.

프로 선수가 던지는 공은 평균 140㎞가 넘는다. 세월이 흐르면서 변화구의 각도도 다양해졌다. 그런 공들을 미트로, 때로는 몸으로 막아야 했다.

홈을 지키는 것 역시 포수의 몫이다.

가벼우면 80㎏에서 120㎏에 달하는 거구들이 집으로 돌아오기 위해 전력질주로 돌진한다. 때로는 문지기를 밀어내기 위해 몸을 날리는 경우도 있었다.

그것을 몸으로 막아야 했다.

뼈가 부러지지 않으면 다행이었다.

27.43m를 4초에 달리는 주자를 잡기 위해 공을 던지는 것도 포수의 일이었다.

야구에 관심이 조금밖에 없는 사람이면 이쯤에서 포수의 일은 끝난다고 생각한다.

하지만 아니다.

벤치에서 나오는 작전, 볼배합을 수비수와 투수에게 전달

해야 했다. 하나의 공이라도 더 스트라이크를 만들기 위해 프레이밍을 하는 것도 포수의 일이다.

게다가 까칠한 투수를 다독이는 일도 있다.

하나의 게임에서 이렇게 많은 일을 해야 했기 때문에 경험이 절대적으로 필요했다.

그래서 '포수는 시간이 키운다'는 말이 있을 정도였다.

'으흠~ 8년 동안 마이너리그에서 뛰었습니다, 라고 할 수도 없고.'

매번 이런 상황에서 변명을 하자니 귀찮아졌다.

"뭐, 제가 잘해서 그랬겠습니까? 승현이가 그날 컨디션이 좋았겠죠. 왜 이런 말도 있잖습니까? 포수의 리드는 허상이다."

저리 대답하니 이민구는 할 말이 없어졌다.

본인이 자기 입으로 아니라고 하니 무슨 더 할 말이 있겠는가?

별말이 없자 정찬열이 슬슬 자리에서 일어날 준비를 했다.

"인터뷰는 끝입니까?"

"마지막 질문을 드리겠습니다. 이건 블로그와 기사 모두 올라갈 질문입니다."

"예."

"왜 포수를 하시는 겁니까?"

정찬열의 입가에 미소가 그려졌다.

대부분의 포수가 같은 질문을 받는다. 이유는 간단하다. 그만큼 포수란 포지션이 힘들기 때문이다.

어떤 이들은 중노동이라 표현할 정도로 한 경기에서 포수가 소모하는 에너지는 대단했다. 그래서 이맘때의 부모들은 아이가 야구를 하더라도 포수만은 시키지 않으려 했다.

그런데 정찬열은 중학생 시절부터 포수 한자리만을 지키고 있었다.

왜일까?

이민구가 의문이 깃든 눈빛으로 그를 바라봤다.

"이민구 기자님도 야구를 하셨죠?"

"예? 아, 예, 미국에서 잠깐 했었습니다. 하지만 재능이 없어서 금방 그만뒀죠."

"포지션이 어디셨죠?"

"외야, 내야 가리지 않고 봤습니다."

"수비를 보실 때 어디를 보십니까?"

"수비요? 그거야……."

타구를 본다고 이야기를 하려다 이민구는 말의 의미를 깨달았다. 그것을 눈치챈 정찬열이 씩 웃으며 말했다.

"포수를 시작한 계기는 따로 있습니다. 하지만 포수를 하는 건 유일하게 다른 시선으로 그라운드를 보는 자리이기 때문입니다."

예상하지 못한 대답에 이민구는 아무 말도 하지 못했다.

그때 정찬열이 자리에서 일어났다.

"그럼 기사 잘 써 주십쇼!"

가볍게 인사를 하고 운동을 시작하는 정찬열을 이민구는 한참 동안 지켜봤다.

그러다 인터뷰한 내용을 확인했다.

'프로에서 한 10년은 뛴 선수랑 인터뷰한 것 같네.'

잠깐의 호기심이라 생각했다. 하지만 이제는 아니었다. 정찬열이란 선수, 매우 궁금했다. 저 선수가 프로에 가서 어떤 모습을 보여줄지 말이다.

며칠 뒤.

아시아청소년선수권 대회를 앞두고 대표팀이 소집됐다.

정찬열 역시 스포츠 백을 메고 회의실 안으로 들어섰다.

"오~ 이게 누구야? 그라운드에서 유일하게 다른 시선을 가지신 포수님 아니십니까?!"

"푸흐흐!"

"크하하!"

들어오자마자 우기영이 비꼬며 말했다.

'기사가 떴나?'

따로 연락을 받지 못했다.

하지만 기사가 뜨지 않았다면 저들이 알 리가 없었다.

놀리는 그들을 뒤로하고 정찬열이 자리에 앉자 이번에는 류성일과 한승현이 다가왔다.

"인터뷰 잘 봤다. 저놈들 이야기는 신경 쓰지 마. 괜히 질투하는 거니까."

한승현의 말에 정찬열이 피식 웃었다.

사실 신경도 쓰지 않았다.

어린 애들의 질투 섞인 조롱에 일희일비할 정도로 내공이 낮은 건 아니었다.

'게다가 이런 걸 예상하고도 그런 대답을 했던 거니까.'

언론과의 인터뷰는 일종의 팬 서비스였다.

본심을 모두 드러낼 필요도 이유도 없었다. 그럴듯한 이야기를 해주면 그만이었다.

'포수를 하는 이유야 당연히 경쟁자가 별로 없으니까 하는 거지. 게다가 미국에서 8년 동안 구르며 포수에 대해 별의별 것을 다 배웠는데 그걸 어떻게 포기해?'

이런 본심이 인터뷰에 나갈 순 없으니까 말을 지어냈다.

조롱을 당할 걸 알면서도 말이다.

그때 문을 열고 윤여강 감독과 코치진이 들어왔다.

"모두 잘 쉬었나?!"

"예!"

"좋아. 대회가 이제 이틀 뒤로 다가왔다. 오늘부터 우리는 합숙을 하고 내일 마지막 훈련을 한다. 그리고 모레, 동대문 야구장에서 대회를 치른다. 알겠나?!"

"알겠습니다!"

"지금부터 호명한 네 사람이 한 방을 사용한다."

감독은 선수 한 명 한 명을 호명했다.

이내 정찬열의 이름도 불렀다.

"정찬열, 한승현, 류성일, 그리고 우기영. 이렇게 네 명이 한 방을 쓴다."

"쳇!"

우기영이 인상을 쓰며 이쪽을 노려봤다.

하지만 가볍게 무시하며 정찬열은 감독의 생각을 읽었다.

'아무래도 내가 주전 포수로 경기에 나갈 거 같군. 그렇지 않으면 1~3선발인 세 사람과 같이 방을 쓰게 할 리는 없으니까.'

흔히들 투수와 포수는 부부라고 한다.

그만큼 찰떡궁합을 이루어야 한다. 그러나 문제는 모든 부부가 사이가 좋은 건 아니다.

"너 코 골면 아주 콧구멍을 막아버릴 줄 알아."

우기영이 조용한 목소리로 유치한 협박을 해온다.

'하아―! 피곤하겠군.'

피곤한 합숙이 될 것 같은 예감이었다.

* * *

다행히 두 사람의 충돌은 없었다.

우기영이 꾸준히 신경을 긁었지만 정찬열은 그를 무시했다. 괜히 투수와 충돌을 했다가 프로 구단의 귀에 들어가기라도 하면 좋은 소리를 듣지 못한다.

포수는 포용할 줄 알아야 하는 자리니까 말이다.

시간은 흘러 경기 날이 다가왔다.

아시아청소년선수권 대회에 총 7개국이 참가했다.

한국과 일본, 대만과 중국, 그리고 몽골과 필리핀, 스리랑카였다.

한국의 1차전 상대는 같은 1조인 대만.

대만을 상대로 한국은 우기영을 선발로 내세웠다.

에이스 두 사람을 최대한 아끼는 방향으로 가겠단 의미였다. 대신 타순은 정상적으로 가져갔다.

'4번에 주전 포수라.'

자신의 예상대로 정찬열은 1회부터 마스크를 쓰게 됐다.

문제는 투수가 우기영이란 것이었다.

"야! 괜히 이상한 리드할 생각 하지 마라."

'에휴······.'

시작하기 전부터 시비를 거는 우기영이었다.

* * *

1차전의 승자는 예상대로 일본에게 돌아갔다.

10 대 1이라는 압도적인 승리로 1승을 챙긴 일본을 관중석에서 바라보는 정찬열의 눈이 빛났다.

'확실히 우리보다는 수준이 높네.'

냉정하게 말하면 고교야구에서는 상대가 되지 않았다.

그나마 투수력은 비슷해 보였지만 타격에서만큼은 일본이 확실히 앞서 있었다.

'투수력이 비슷한 것도 이상하게 이번 년도에 괴물 같은 놈들이 나타나서인 거고.'

그렇다고 투수력이 아예 높으냐? 라고 묻는다면 그건 또 아니었다.

'저놈이 동시대에 있었지. 다나카 마사히로.'

7년 뒤,

다나카는 뉴욕 양키즈에 1억 5,500만 달러라는 경이로운 금액에 계약을 하고 넘어갔다.

세상을 놀라게 한 이 기록에 정찬열도 경악을 금치 못했다.

더 놀라운 건,

'지금의 일본 대표팀의 에이스가 저놈이 아니라는 거지.'

그의 시선은 모자를 벗어 관중에게 인사를 하는 오늘의 선발투수에게로 향했다.

'스지우치 다카노부.'

한승현과 똑같은 강속구 투수로 최고 구속은 156㎞로 오히려 더 빨랐다.

'저놈한테 엄청 당했는데.'

과거의 일이라 가물가물하긴 했지만 자신은 결승전에서 무안타를 기록했다. 거기에 병살까지 당했던 걸로 기억난다.

'이번에는 이길 수 있으려나.'

156㎞는 프로에서도 쉽사리 볼 수 없는 구속이다.

아무리 미래를 경험한 자신이지만 스지우치의 공을 마음대로 공략할 거란 생각은 들지 않았다.

"찬열아! 가자!"

뒤에서 부르는 소리에 이내 몸을 돌렸다.

일단은 대만전이 우선이었다.

그라운드의 정비가 진행되는 동안 우기영이 불펜의 마운드에 섰다.

"야! 공 좀 받아."

'저 새끼는 말 하나하나가 모두 명령조네.'

아무리 어린애의 치기 어린 행동이라지만 서서히 화가 났다.

'후우-! 참자, 참아. 한 살이라도 많은 내가 참아야지.'

대꾸를 하지 않고 마스크를 쓰자 우기영이 인상을 썼다.

그리고는 곧장 와인드업을 했다.

'어디 받아 봐라!'

우기영이 세차게 공을 뿌렸다. 사이드암에서 뻗어 나온 공이 빠르게 날아왔다.

팡-!

"굿!"

진심으로 감탄을 터뜨렸다.

성격은 좋지 않았지만 우기영은 한 학교의 에이스를 맡을 수 있는 자격이 있었다.

'사이드암이면서 최고 구속은 138㎞까지 나온다. 프로에 가서 근육을 늘리고 제대로 된 메커니즘을 배운다면 145㎞ 이상까지도 늘릴 수 있어.'

정통파로 불리는 오버핸드와 달리 사이드암은 구속이 많이 나오지 않는다. 프로의 세계에서도 사이드암으로 145㎞를 던질 수 있다면 분명 통한다.

또 한 가지.

"흡!"

쐐액-!

가운데로 날아오던 공이 흔들리는가 싶더니 옆으로 흘러 나갔다.

'슬라이더!'

펑-!

예상하지 못했지만 가벼운 컨트롤로 안정적인 포구를 했다.

그 모습에 우기영의 얼굴이 일그러졌다.

'말을 안 하고 던졌는데 발도 안 떼고 잡다니.'

그의 주 무기는 바로 이 슬라이더였다.

꺾이는 각도가 크고 직구와 같은 궤적에서 나오기 때문에 좀처럼 치기 어렵다.

'투피치지만 그 두 개가 강력하다. 우완인 게 조금 아쉽긴 하지만…….'

하지만 그가 경험한 미래에서 우기영은 없다. 최소한 자신이 알 수 있을 정도로 성장한 투수는 될 수 없었다.

'뭐, 중계 투수라서 그럴 수도 있지.'

그러는 사이 우기영은 정찬열을 당황시키기 위해 연달아 변화구를 던졌다. 하지만 그를 비웃기라도 하듯 정찬열은 너무도 가볍게 포구를 했다.

평소라면 저런 모습을 보여주는 포수에게 신뢰가 갈 테지만 지금은 아니었다.

'본게임 들어가서 두고 보자.'

이를 갈며 연습을 하는 사이 그라운드의 정비가 끝났다.

"자! 여기까지!"

감독의 외침에 선수들이 라커룸으로 향했다.

휴식을 취할 생각이었지만 단 한 사람, 정찬열만은 더그아웃에 자리를 잡았다.

"넌 왜 안 들어가고 거기 앉아?"

"상대편의 정보가 별로 없어서 수집 좀 하려고요."

"그 정도는 우리가 해줄 테니까 들어가서 체력 좀 보충해."

"눈으로도 익혀 둬야 실전에서 써먹을 수 있어서요. 좀 귀찮은 타입이죠?"

"허허, 그럼 뭐 알아서 해라."

선수가 저렇게까지 말하면 감독의 입장에서도 더 이상 할 말이 없었다. 윤여강이 자신에게서 신경을 끊자 정찬열은 날카로운 시선으로 그라운드를 응시했다.

'타자의 컨디션은 그날그날 다르다. 게다가 대만의 기본 정보도 적어. 인터넷으로도 찾을 수 없을 정도다.'

그렇다고 우는 소리만 하고 있을 순 없었다.

'최대한 많이 본다. 타자들의 하나하나를 살펴라.'

선수들은 그라운드를 달리고 프리배팅을 한다. 그 동작 하나하나에서 많은 정보를 얻을 수 있다. 본래라면 전력분석원이 해야 될 일이다. 하지만 청소년 대표팀에는 그런 전력분석원이 없었다.

그래서 정찬열은 휴식도 반납하고 그라운드에 남았다.

그리고 그 효과는 본 게임에서 나타났다.

딱-!

경쾌한 소리와 함께 공이 펜스를 넘어갔다.

"오오오오!"

"또 넘어갔다!"

내야를 도는 정찬열을 보며 동료들이 일제히 환호를 내질렀다.

경기장을 찾은 소수의 관중들 역시 박수와 함성으로 그의 홈런을 축하해 주었다.

관중석에는 프로 구단 관계자들과 기자들도 있었다.

"이야~ 정찬열이 저렇게 좋은 타격을 했었나?"

"서울 베어스 2군한테 홈런을 쳤다기에 우연인지 알았는데 그게 아닌가 본데?"

관계자들의 말에 이민구의 입가에 미소가 그려졌다.

자신이 먼저 알아본 선수가 칭찬을 받으니 왠지 모르게 기분이 좋아졌다.

'정찬열의 스윙 메커니즘은 동년배의 또래들보다 좋다. 특히 하체를 단단하게 잠그고 허리를 돌리는 게 무척 뛰어나.'

흔히들 타격에서 하체는 기둥이 되어야 된다고 말한다.

제대로 고정이 되지 않으면 힘이 분산이 되고 그렇게 되면 제대로 된 타격을 할 수 없게 되기 때문이다.

'그렇다고 해도 연타석 홈런이라니. 정말 대단하군.'

2회 말 현재 한국은 정찬열의 연타석 홈런과 타선의 폭발로 8점을 올렸다.

'게다가 우기영이 생각보다 잘해주고 있다. 구속은 다른 선수보다 떨어지지만 제구력만큼은 프로급이야.'

공수교대가 되며 마운드에 우기영이 올라왔다.

2이닝 무실점 3피안타 무사사구.

1회에 2사 만루라는 위기에 몰리긴 했지만 무실점으로 막아냈다.

'백미는 2회였다.'

2회에 올라온 3명의 타자를 모두 삼진으로 잡아내며 완벽한 컨트롤을 보여주었다.

모든 사람이 우기영이 잘 던졌다 생각하고 있지만 정작 본인은 다르게 생각하고 있었다.

'무슨 리드가 저렇게 좋아?'

그의 시선이 캐처 박스에서 마스크를 쓰고 앉아 있는 정찬열에게로 향했다.

'대만 타자들에 정보가 없는 건 저놈이나 나나 같은데…….'

'몸 쪽 직구.'

사인이 나오자 우기영은 고개를 끄덕였다.

와인드업과 함께 던진 공이 우타자의 몸 쪽을 날카롭게 찔렀다.

공을 포구하는 순간 정찬열의 미트가 안쪽으로 움직였다.

"스트라이크!"

"큭!"

타자는 몸 쪽으로 공이 날아오자 겁을 먹고 뒤로 물러난 상황, 그런 공이 스트라이크가 됐으니 화가 날 만도 했다. 하지만 이런 경우가 한두 번이 아니었다.

'다시 한 번 몸 쪽 직구.'

'2회부터 몸 쪽 코스의 리드가 많아지고 있어.'

우기영이 2구를 던졌다.

방금 전과 똑같은 코스에 똑같은 구종이었다.

방금 전 던진 공에 눈이 익었는지 타자가 배트를 돌렸다.

부웅-!

펑-!

"스트라이크!"

'이걸로 확실해졌다. 대만 녀석들은 몸 쪽 코스에 약해.'

마운드 위의 우기영이 주먹을 불끈 쥐는 모습에 정찬열이 미소를 지었다.

'이제야 눈치챈 건가?'

1회 정찬열은 리드를 몸 쪽과 바깥쪽, 그리고 양 사이드로 했다. 구종은 직구와 슬라이더를 골고루 섞어 가며 실험을 했다.

'덕분에 2사 만루까지 갔지만 확실한 건 얻어내는 게 있었다는 거지.'

대만 타자들의 연습 배팅을 유심히 본 정찬열은 한 가지 사실을 알아냈다.

'타격을 할 때 당겨 치는 건 거의 없었다. 대부분 밀어치는 방식으로 타격을 했다.'

게다가 스윙을 하는 순간 팔이 움직이는 걸 보면 인앤아웃이 전혀 되지 않고 있었다. 저런 식이라면 몸 쪽 공 공략에 약점을 가질 수밖에 없었다.

하지만 확신은 가지 않았다.

연습과 실전은 다르기 때문이다. 그래서 1회 타자들을 상대로 실험을 했었다. 그 결과 대만 타자들이 대체적으로 몸 쪽 공에 약하다는 결론을 내릴 수 있었다.

'이런 공략법도 우기영이니까 할 수 있는 거지만.'

사실 몸 쪽 공을 던지는 건 매우 어렵다.

컨트롤에 실패하면 몸에 맞는 볼이 나오거나 실투가 되어 스트라이크존 한가운데로 공이 몰리기 때문이다.

그렇게 되면 홈런이 나올 가능성도 있다.

그래서 몸 쪽이 약점이라는 걸 알고도 공략하지 못하는 경우가 있다. 하지만 프로급에 달한 우기영의 컨트롤은 그걸 해내게 만들었다.

'역시 성격과 야구 실력은 비례하지 않는다니까.'

새삼 우기영의 정밀한 컨트롤에 놀라며 그는 3구의 사인을 냈다. 이번에는 바깥쪽으로 흘러나가는 슬라이더였다.

"흡!"

와인드업과 함께 뿌린 공에 타자의 배트가 돌았다.

하지만 야구공은 그를 약 올리듯 바깥으로 흘러나가며 배트의 궤적에서 멀어져 갔다.

펑-!

"스트라이크! 아우우웃!"

심판의 호쾌한 콜이 뒤를 이었다.

* * *

[인천 문학구장에서 열린 제6회 아시아청소년선수권 대회에 출

전 중인 한국 청소년 대표팀이 1차전 대만을 상대로 12 대 0으로 대승하며 가볍게 1승을 올렸습니다.

선발로 나선 우기영 선수는 6이닝 무실점 9탈삼진 1사사구라는 완벽한 피칭을 선보이며 승리투수가 되었습니다.

타자 쪽에서는 인천 와이번스에 1차 지명을 받은 정찬열 선수가 2홈런을 때려내며 6타점을 홀로 쓸어 담았습니다.

한국은 내일 휴식을 취하고 모레 일본과 숙명의 맞대결을 펼칩니다!]

* * *

1승씩 거둔 한국과 일본은 A조 1위를 놓고 맞대결을 벌이게 됐다.

"일본은 선발로 스지우치를 또 내보낸다는군."

"오늘 선발이었던 녀석을 내일도 내보낸다고요?"

놀라는 투수 코치를 보며 윤여강이 고개를 끄덕였다.

사실 그로서도 믿기지 않는 기용이었다.

스지우치는 94개의 공을 던졌다. 그런 투수를 휴식도 없이 세운다는 건 정상적인 기용이 아니었다.

"인터뷰를 하는 걸 봤는데 던지면 던질수록 힘이 나는 투수라고 하더군."

"그게 말이나 됩니까?"

"상관없어. 투수 하나에 그렇게 집착한다는 건, 달리 말하면 신임할 수 있는 투수가 그놈 하나라는 거겠지."

한국도 그렇지만 일본 역시 고교야구에서는 에이스 한 명에 집착하는 성향이 강했다.

"스지우치라는 대투수를 손에 넣었으니 어떻게든 우승을 하고 싶겠지."

국제 대회에서 우승을 했다는 타이틀은 감독에게 커다란 감투였다. 이런 쟁쟁한 멤버가 있을 때 어떻게든 차지하고 싶은 마음은 이해가 됐다.

'나도 이번 대회에서 우승을 해야 한다. 그리고 프로 지도자에 다시 한 번 도전하는 거야!'

그런 마음은 윤여강이라고 다르지 않았다.

이번 청소년 대표팀은 역대 최강이라 불릴 정도로 쟁쟁한 멤버가 많았다. 그랬기에 이번 기회를 반드시 잡을 생각이었다.

"상대가 스지우치라면 우리는 피해 간다. 류성일을 등판시켜."

"알겠습니다."

대만이 떨어진 지금,

일본과는 결승에서 다시 한 번 붙을 가능성이 높아졌다.

그런 상황에서 상대는 에이스를 출전시킨 상황. 그렇다면 피해 가는 것도 나쁘지 않은 선택이었다.

'반드시 이긴다.'

* * *

다음 날,

동대문야구장에 많은 사람이 찾았다.

일본과의 대결은 언제나 한국인의 관심을 끌었다.

'오늘 관중이 제일 많네.'

정찬열은 과거의 기억을 더듬었다.

'예전에도 사람이 많이 오긴 했었지.'

국민 스포츠라 불리는 프로야구와 달리 고교야구는 대중에게 별로 관심의 대상이 아니었다.

그래서 고교 선수들은 대부분 많은 관중 앞에서 경기를 뛰어 본 경험이 없었다.

'덕분에 이 꼴이지.'

펑─!

"스트라이크! 아웃!"

1회 초 공격에서 삼자범퇴.

그것도 단 9개의 공으로 3명의 타자가 모두 물러났다.

'관중이 많아서 긴장을 했다. 덕분에 폼이 커졌어. 저런 스윙으로는 빠른 공의 속도를 따라가지 못한다.'

실제로 스지우치는 직구 일변도로 나왔다.

그럼에도 배트에 닿는 것조차 실패한 상위 타선이었다.

'스지우치에 관한 생각은 나중이다. 일단 타자들에 대해 생각해야 돼.'

그라운드로 나가며 정찬열의 시선이 대기 타석으로 향했고 날렵한 체형의 타자가 배트를 빠르게 돌리고 있는 모습이 눈에 들어왔다.

대만과 마찬가지로 일본에 대한 정보 역시 어제 본 경기가 전부였다.

국제 대회라 하더라도 아마추어 대회인 이상 상대국에 직원을 파견해 정보를 얻는 건 불가능에 가까웠다.

'내 기억력이 조금만 좋았어도…….'

정찬열은 상대 타자에 대한 정보를 떠올리려 애썼다.

하지만 애당초 불가능한 일이었다.

8년이나 전의 기억이다.

그사이 정찬열은 마이너리그에서 수백 명의 선수를 보고 직접 경험했다. 그렇게 쌓인 정보들이 꼬여 혼선을 주었다.

당장 마이너리그에서 뛰던 선수가 눈앞에 있다 하더라도 그에 대한 정보를 떠올리는 건 불가능했다.

'어제 경기에서 빠른 발을 이용하는 타자였다.'

정찬열은 캐처 박스에 앉으며 생각을 정리했다.

"플레이볼!"

심판의 콜과 함께 그의 손이 빠르게 움직였다.

'초구는 몸 쪽 직구.'

사인을 내자 류성일이 고개를 끄덕였다.

"흡!"

쐐애액-!

공이 빠르게 날아왔다.

'늦어!'

공이 절반쯤 날아왔을 때 타자가 레그킥을 하며 허리를 돌렸다. 정찬열은 늦었다고 판단했다. 하지만 그건 잘못된 판단이었다.

깡-!

경쾌한 소리가 울렸다. 하지만 조금 밀렸는지 공은 파울라인 밖으로 날아갔다.

'분명히 늦은 스윙이었는데 그걸 맞췄다. 배트 스피드가 예상보다 빨라.'

한 번의 스윙, 하지만 많은 걸 얻을 수 있었다.

정찬열의 머리가 빠르게 회전하면서 볼배합을 수정하기 시작했다.

정리를 끝낸 그는 다시 자리에 앉아 사인을 냈다.

'몸 쪽 슬라이더.'

다시 몸 쪽이란 것에 의문이 들었다. 하지만 류성일은 고개를 끄덕였다.

이번 대회에서의 리드는 포수인 정찬열의 의견을 백 퍼센트 따르라는 감독의 지시가 있었기 때문이다.

"흡!"

와인드업과 함께 힘차게 공을 뿌렸다.

손가락에 긁히는 감촉이 매우 좋았다. 그러나 좋아도 너무 좋았다. 생각보다 더 안쪽으로 공이 파고들기 시작했다.

'제길, 볼이네.'

류성일의 판단은 정확했다.

스트라이크존에서 몸 쪽으로 반 개 정도 더 들어가는 공이었다.

그 순간 정찬열의 몸이 왼쪽으로 살짝 기울더니 동시에 팔꿈치를 안으로 굽혀 포구하는 순간 다시 원래 자리로 돌아갔다.

치직-!

"스트라이크!"

심판의 호쾌한 콜이 떨어졌다.

'완벽한 프레이밍!'

관중석에서 지켜보던 이민구가 자리에서 벌떡 일어나게 만들 정도로 부드러운 프레이밍이었다.

'이번에는 손목만이 아니었다. 무릎과 상체를 옆으로 이동하면서 구심의 시야에 미트가 정확히 들어오게 만들었다. 그러면서 팔꿈치를 굽혀 미트의 끝으로 포구를 했고 미트의 중심은 스트라이크존 안으로 집어넣었어!'

공이 날아오는 그 짧은 시간에 이 모든 동작을 했다는 것이 경이로웠다.

'게다가 이번 경기의 구심은 한국인이 아니다. 일본인이야! 그런 구심의 눈을 속이다니, 이건 아마추어 레벨의 프레이밍이 아니다!'

"나이스 볼!"

정찬열이 던진 공을 받아 든 류성일은 얼떨떨했다. 분명 볼이었는데 스트라이크를 만들어버린 것이다.

'우연인가?'

마운드에서 홈 플레이트까지의 거리는 18.44m.

전력을 다해 순간적으로 흐트러진 시야로 정찬열의 미세한 움직임을 간파하는 건 무리였다.

무엇보다 고등학생 포수가 저런 프레이밍을 보인다는 건 듣도 보도 못했다.

류성일은 그저 재수가 좋았던 거라 판단했다.

팡—!

"스트라이크!"

훙—!

팡—!

"스트라이크! 아웃!"

초구에 나름 잘 대응했던 타자가 삼진을 당했다.

그 모습을 지켜보는 이민구는 알 수 없는 전율을 느꼈다.

'류성일은 제구, 구위, 구속 모두 훌륭하다. 하지만 더 대단한 건 정찬열이야.'

타자는 자신만의 스트라이크존을 그리고 스윙을 한다.

그런데 볼이어야 될 2구 슬라이더가 프레이밍으로 스트라이크가 됐으니 혼동이 온 것이다.

'프레이밍은 단순히 스트라이크 하나를 만드는 게 아니다. 타자를 혼란하게 만들어 볼인데도 배트를 돌리게 만든다. 자연스레 볼카운트가 불리해지게 만든다. 그리고 또 한 가지.'

이민구의 시선에 타석에 들어서는 2번 타자가 들어왔다.

좌타자인 그를 상대로 류성일과 정찬열이 던진 초구는 바깥으로 흘러가는 슬라이더였다.

우타자 기준, 존에 들어왔던 공이었기에 타자는 배트를 돌렸다. 하지만 그의 예상보다 공이 더욱 밖으로 흘러 나갔다.

결국 공의 끝에 배트가 걸렸고 힘없이 유격수 방면으로 굴러갔다.

팡–!

"아웃!"

하나의 공으로 아웃 카운트를 올린 류성일의 입가에 미소가 그려졌다.

'저 녀석……'

미지에 쌓여 있는 일본 대표팀.

하지만 정찬열의 리드를 따르니 손쉽게 아웃 카운트가 올라가고 있었다.

점점 그를 신뢰하게 되는 류성일이었다.

정찬열의 리드를 충실히 따른 덕에 류성일은 단 7개의 공으로 1회를 틀어막고 내려왔다.

그사이 정찬열은 한발 빨리 더그아웃에 돌아와 장비를 벗고 타격에 나설 준비를 하고 있었다.

"찬열아."

"어?"

"나이스 리드였다. 덕분에 쉽게 잡았어."

"네 공이 좋았던 거지, 무슨."

대수롭지 않게 공을 자신에게 넘기는 그를 보며 류성일은 더욱 믿음이 갔다.

그러는 사이 정찬열이 배트를 들고 타석으로 걸어갔다.

'우리 애들은 모두 긴장을 하고 있다. 이럴 때는 공격의 물꼬를 터야 돼.'

조금씩 머리가 지끈거렸다.

캐처 박스에서 투수를 리드하는 것도 힘든데 타석에서 서는 것도 고민해야 했다.

하지만 우는 소리를 할 때가 아니었다.

'프로팀도 많이 왔다. 게다가 와이번스의 관계자들도 와 있어.'

이곳은 와이번스의 홈구장인 문학구장이다.

게다가 자신은 그들이 지명한 1지명의 선수가 아닌가? 당연히 와서 자신을 관찰할 것이다.

'오늘 경기에서의 활약 여부에 따라 계약의 조건이 달라진다.'

계약금은 확정되었지만 세부적인 내용은 아직 오가지 않았다. 대부분의 선수가 2차 드래프트 직후에 계약을 하기 때문에 정식 계약은 이번 대회가 끝나면 하기로 했었다.

더 좋은 조건을 얻어내기 위해서는 이 대회에서 출중한 기량을 보여주어야 했다.

그래야 하나라도 더 많은 조건을 가져올 수 있을 테니까.

'이 당시의 나는 포수로서 능력이 부족하다는 평가를 받았다. 이번 대회에서 그것을 뒤집어야 돼.'

미래를 경험했다지만 이 당시에는 미국으로 건너간다.

즉, 한국 구단과 계약을 맺는 건 이번이 처음이란 소리였다. 그랬기에 와이번스 측에서 어떤 계약 조건을 내밀지는 알 수 없는 노릇이었다.

조금 더 유리하게, 그러기 위해서는 우승 타이틀 그리고 감투가 필요했다.

'오늘 경기를 이기기 위해서는 공격이 트여야 된다.'

그러기 위해선 스지우치를 공략해야 했다.

구속만 놓고 보면 스지우치의 직구는 프로에서 충분히 통할 공이었다. 제구력도 괜찮았고 체력은 말할 필요가 없었다.

'과거대로라면 스지우치는 이번 대회에서 400구가 넘는 공을 던진다. 고시엔에서 이미 수백 개를 던졌으면서 말이다.'

스지우치는 고시엔에서 본선 5경기 동안 65탈삼진을 기록했다.

예선까지 합치면 몇 개의 공을 던졌는지 가늠이 되지 않는 수치였다.

'잠깐, 그런 공을 던진 투수가 정상일 리가 없잖아?'

작은 단서가 떠오르자 기억들이 그물처럼 떠오르기 시작했다.

'스지우치는 이번 대회가 끝나고 요미우리에 입단한다.

하지만 프로에서는 제대로 된 활약을 펼치지 못하고 혹사로 인해 부상이 이어지고 결국 방출된다.'

국내에도 알려져 있는 투수였기에 그에 관한 기사는 많이 나왔었다.

'그렇다면 지금도 분명 어딘가 고장 난 상태에서 공을 던지고 있단 뜻인데…….'

한국 팀 스피드건에 찍힌 구속은 152㎞.

최고 구속에는 미치지 못했지만 저 정도의 공으로도 타자들을 돌려세우기에는 충분했다.

실제로 1회 던진 9개의 공 모두 포심 패스트볼이었다.

'잠깐, 포심 일변도라고?'

"Hey! Hurry up!"

"네네."

'일단 초구를 살펴본다.'

의심이 들었다. 그것을 확인하기 위해서는 실제로 공을 봐야 했다.

사인을 교환한 스지우치가 와인드업을 했다.

정찬열은 정신을 집중해 그의 투구 동작을 지켜봤다.

'음?'

스지우치의 팔이 올라가는 순간 그의 눈이 빛났다.

그 순간 스지우치의 손에서 공이 떠났다.

팡—!

"스트라이크!"

경쾌한 소리가 기분 좋게 울렸다.

구종은 직구, 구속은 대략 140 후반에서 150 초반으로 보였다.

더그아웃에서 보던 1회와 같다.

하지만 미처 보지 못했던 것이 타석에서 보였다.

'공이 깔끔하다.'

배터 박스에서 물러나 암가드와 배팅 장갑을 다시 착용하며 방금 전 얻은 정보를 정리했다.

'직구니까 변화가 없는 건 당연해. 하지만 변화가 없어도 너무 없다. 이런 직구를 고시엔에서 공략을 못했다고?'

야구 중계를 보다 보면 볼끝이 지저분하다는 이야기가 자주 나온다.

한승현의 직구가 딱 그런 타입이다.

외부에서는 보이지 않지만 타자의 눈에는 보이는 미세한 변화, 그게 없다면 아무리 빠른 공이라도 공략당하기 십상이었다.

'게다가 또다시 직구다. 아무리 직구에 자신이 있다지만 10개의 공을 하나의 구종으로 던지다니.'

이것 또한 이상한 점이었다.

물론 직구에 자신이 있어서 그것만 고집할 수도 있다.

하지만 깔끔하게 들어오고 있는 직구를 포수가 감지를 못 한다? 있을 수 없었다. 그런 상황에서 직구만 고집한다는 건?

'분명 뭔가 있다.'

정찬열은 생각을 정리하고 타석에 들어섰다.

'오로지 직구만 노린다.'

하나씩 확인해 나가면 된다.

그는 평소보다 배트를 짧게 쥐며 자세를 잡았다.

"흡!"

쐐액-!

스지우치가 2구를 던졌다.

빠르게 날아오는 공은 예상대로 직구였다.

정찬열의 배트가 돌았다.

딱-!

경쾌한 소리가 났지만 타이밍이 어긋났는지 파울라인 밖으로 날아갔다.

하지만 잘 맞은 타구였다.

아쉬울 만도 했지만 정찬열은 냉정하게 상황을 정리하고 있었다.

'이걸로 11개째 직구다.'

볼카운트는 몰렸지만 얻은 게 있었다.

조금 더 자신감을 가지고 타석에 다시 섰다.

스지우치가 와인드업과 함께 12번째 공을 던졌다.

'몸 쪽!'

날카롭게 파고드는 공을 향해 정찬열이 옆구리에 팔을 붙이며 스윙을 했다.

따−악!

경쾌한 소리와 함께 공이 빠르게 날아갔다.

"쳤다!"

"달려!"

더그아웃과 관중석에서 일제히 외쳤다.

하지만 정찬열은 1루에서 멈출 수밖에 없었다. 타구가 너무 잘 맞아 라인드라이브로 펜스를 강타한 것이다.

좌익수의 펜스 플레이도 좋았기에 괜히 무리를 하지 않았다.

"잘했다, 찬열아!"

1루 주루 코치가 다가왔다.

"코치님, 무조건 직구를 노리라고 하세요."

"직구?"

"예, 12구 연속으로 직구만 던졌습니다. 이상이 있거나 아니면 직구에 너무 자신감이 있는 거예요."

"하지만 직구만 노린다고 칠 수 있을까? 차라리 변화구를 노리는 게……."

정찬열이 고개를 저었다.

"타석에서 보면 확실히 보입니다. 녀석의 공에 무브먼트가 전혀 없어요."

"정말이냐?"

"예."

이것만은 타석에서 본 정찬열이 더 정확할 것이다.

주루 코치는 고개를 끄덕이고는 더그아웃에 사인을 보냈다.

'뭔가 들었나 보군.'

윤여강은 곧장 타자에게 사인을 보냈다.

'노린다고 칠 수 있는 공이 아니잖아!'

5번 타자 황동현이 울상을 지으며 생각했다.

그때 또 다른 사인이 나왔다.

'컨택 위주로 스윙해.'

황동현은 다시 한 번 사인을 확인했다. 하지만 돌아온 대답은 같았다.

'학교에서는 4번 타자였는데 컨택 위주라니…….'

자존심이 상하긴 했지만 감독의 명령을 어길 정도의 배짱은 없었다. 그 역시 배트를 짧게 쥐고 타석에 들어섰다.

'직구만 노리자. 직구만.'

그는 집중력을 끌어 올려 하나의 구종만을 노렸다.

그 모습을 지켜보는 정찬열의 얼굴에 미소가 그려졌다.

그리고,

딱–!

"또 쳤다!"

"달려! 달려!"

4구 만에 중견수 앞에 떨어진 안타가 나왔다.

무사 1, 2루.

2회 만에 완벽한 찬스를 잡았다.

얼떨떨한 표정으로 1루에 도착한 황동현에게 주루 코치가 다가왔다.

"잘했다!"

"어, 예, 감사합니다."

"어떻든?"

"아니, 그냥 톡 건드렸는데 쭉 날아가던데요?"

"뭐?"

놀라는 주루 코치에게 황동현이 다시 설명을 했다.

'내 예상이 맞았어.'

2루에 도착한 정찬열은 마운드 위의 스지우치를 바라 봤다.

'녀석의 팔꿈치는 이미 부상을 입고 있다. 그래서 무리가 가는 변화구를 포기하고 직구 하나만으로 승부를 걸고 있는 거야.'

변화구는 팔꿈치에 부담이 많이 간다. 아니, 애당초 투구 자체가 무리였고 이럴 때는 휴식을 취해야 한다.

하지만 지금은 2005년이다.

아직까지 고교야구에는 혹사가 존재했고 감독에게 밉보이면 프로에 지명되지 못할 수도 있는 세상이다.

일본도 크게 다를 건 없었다. 어떤 부분에선 오히려 일본이 더 잔인했다.

'부상은 변화구만이 아니라 그에게서 구위마저 앗아갔다. 1회에서 우리 애들이 치지 못했던 건 관중이 너무 많이 와서 긴장을 했다는 거야.'

직구 하나만 노리라는 주문이 들어가자 집중을 한 덕분에 긴장감을 해소시킬 수 있었다.

일거양득인 셈이다.

한 가지 의문인 건 그런 상태인 걸 벤치가 왜 모르냐는 것이다.

'지금 상황을 보니 모르는 건 같지는 않네.'

정찬열의 시선이 일본 대표팀 더그아웃에 고정되어 있었다. 투수 코치와 감독으로 보이는 사람이 바쁘게 움직이고 있었다. 바로 불펜을 준비시키는 걸로 봐서는 이미 스지우치의 부상 사실을 알고 있는 듯했다.

'너도 결국 희생양에 불과했었군, 스지우치.'

어쩐지 마운드 위에서 팔을 돌리는 그의 모습이 쓸쓸하게 보였다. 그렇다고 그를 위해 무언가를 해줄 생각은 없었다.

'경기에 집중하자.'

하지만 그는 모르고 있었다.

이미 나비의 날갯짓이 시작되었음을 말이다.

* * *

[오늘 동대문야구장에서 열린 아시아청소년야구 선수권 대회에서 한국 청소년 대표팀이 일본 대표팀을 상대로 10 대 1 완승을 거두었습니다.

1회 완벽투를 보여준 일본의 괴물 스지우치를 2회에 공략하기 시작한 대표팀은 연속 7안타를 때려내며 4득점을 올렸습니다.

결국 일본 대표팀이 에이스 스지우치 투수를 강판했고 분위기는 완전히 우리 쪽으로 넘어왔습니다.

이번 경기에서 정찬열 선수는 1홈런 2안타를 때리며 절정의 타격감을 과시했습니다. 또한 선발로 나선 류성일 선수

역시 7이닝 무실점 호투를 펼치며 승리투수가 됐습니다.]

* * *

조 1위로 준결승전에 오른 한국은 중국을 상대한다.

하지만 야구 인프라가 제대로 되어 있지 않은 중국은 이미 한국의 상대가 아니었다.

11 대 0이라는 완벽한 스코어로 중국을 누른 한국은 일본과 결승에서 다시 만나게 됐다.

'투수가 스지우치가 아니네?'

오늘 엔트리 명단을 확인한 정찬열은 놀랐다.

'과거가 바뀌었다…….'

회귀 전, 경험했던 곳에서는 스지우치가 모든 경기에서 선발투수로 나섰다.

'그러고 보니 준결승전에서도 녀석은 보이지 않았고…….'

현재 생각해 볼 수 있는 건 한국과의 경기에서 무기력하게 당한 그를 더 이상 마운드에 올릴 수 없다고 감독이 판단했을 수도 있다.

'확실히 스지우치를 상대로 우리는 단 1점도 뽑지 못했었으니까. 하지만 이번에는 내가 단서를 제공하고 점수를 뽑게 되면서 감독은 스지우치를 올려서는 더 이상 승리를 할 수

없을 거라 판단을 내렸을 수도 있다.'

그렇게 생각하면 지금 이 순간이 바뀐 이유를 알 수 있었다.

'잠깐, 그럼 내가 지금까지 과거와 달리 했던 일들 때문에 미래가 바뀔 수도 있다는 거잖아?'

왠지 모르게 등골이 오싹한 정찬열이었다.

"찬열아! 나갈 준비해라."

"예."

윤여강 감독의 말에 정찬열은 프로텍터를 착용했다.

'일단 시합에 집중하자⋯⋯.'

그는 불안함을 애써 떨쳐내며 그라운드로 달려 나갔다.

그리고 이날,

한국 대표팀은 일본을 상대로 5 대 0으로 승리하면서 아시아청소년야구 선수권 대회의 우승을 차지했다.

그리고 정찬열은 대회 MVP와 홈런왕으로 뽑히며 과거와는 완전히 달라진 결과를 맞이하게 되었다.

3장
변하는 현실

집으로 돌아온 지 일주일이 지났다.

그사이 정찬열은 자신의 생각을 정리했다.

'내가 돌아옴으로써 알고 있던 미래가 조금씩 바뀌기 시작했다.'

불안하기도 했지만 정찬열은 애써 깊게 생각하려 하지 않았다.

'미래가 바뀌더라도 내가 알고 있는 지식은 변하지 않는다. 굳이 조심할 이유는 없어.'

그의 목표는 최고의 선수가 되는 것이다. 그것에는 미래를 알아야 될 하등 이유가 없었다.

'나로 인해 다른 사람이 변할 수도 있다. 하지만 거기까지

내가 신경을 써야 될까? 어차피 모든 사람은 살아가면서 다른 사람에게 영향을 끼친다.'

유명인들의 인터뷰를 보더라도 자신에게 영향을 끼친 소설, 영화, 드라마, 노래, 사람에 관해 이야기를 한다.

그게 좋은 쪽이든 나쁜 쪽이든 말이다.

'거기까지 신경을 쓰면서 살아가는 사람은 없다. 난 그저 내 인생을 살아가면 되는 거야.'

이기적인 마음가짐일 수도 있다. 하지만 사람이란 모두들 이기적이다. 자신이 우선이고 남은 그 뒤다. 자위적인 해설일 수도 있지만 정찬열은 애써 생각을 거기서 정리했다.

그에게는 산재해 있는 문제들이 있었기 때문이다.

'이번 대회의 우승, 그리고 MVP와 홈런왕이라는 타이틀 덕분에 와이번스와의 계약에서 한발 더 앞설 수 있었어.'

가장 큰 계약금은 확정이다.

지금 시기에 최저 연봉이 2,000만 원이다. 신인 선수라면 모두 저 연봉을 받기 때문에 연봉 협상도 따로 없다고 볼 수 있다.

'남은 건 옵션 계약이다.'

메이저리그 그리고 마이너리그에는 다양한 옵션이 붙는다.

선수의 성적은 물론이거니와 부가적인 옵션, 즉 티켓, 숙소, 장비 등등 정말 예상할 수도 없는 많은 옵션이 추가된다.

'한국도 똑같으려나?'

한국 구단과 계약을 맺어 본 경험이 없는 그였기에 든 의문이었다.

똑똑-!

"찬열아, 자니?"

어머니의 목소리에 생각을 정리하고 침대에서 몸을 일으켰다.

"아니요, 안 자요."

"그럼 잠깐 나와라. 큰아버지 오셨어."

정찬열의 얼굴이 순간 굳어졌다.

'이전 삶에서도 비슷한 시기에 왔었지.'

차갑게 식은 눈빛으로 그는 방문을 열고 나섰다.

문 앞에 서 있는 어머니의 어깨 너머로 거실에서 커피를 마시고 있는 깔끔한 외모의 중년 남성이 보였다.

흰머리가 듬성듬성 보이긴 했지만 키가 크고 듬직한 꽃 중년 같은 분위기였다.

"오! 우리 정씨 가문을 빛낸 우리 찬열이!"

"안녕하세요."

고개를 숙이자 어느새 일어난 그가 다가와 자신을 안았다.

"하하! 정말 장하다! 이 큰아버지는 네가 정말 자랑스럽구나!"

기뻐하는 큰아버지와 달리 정찬열의 표정은 썩 좋지 않았다.

'분명 이전 삶에서도 계약하기 전부터 와서 밑밥을 던지기 시작했었지.'

그가 큰아버지를 싫어하는 건 회귀 전의 경험 때문이다.

당시 대형 계약을 맺은 그에게 연락도 없던 사돈에 팔촌에서까지 연락이 오기 시작했다. 정확히 이야기하면 보호자인 아버지한테지만. 여하튼 아버지는 친척들의 어려운 사정과 부탁을 거절하지 못하고 조금씩 도움을 주었다. 그래도 분별력이 있으신 분이었던지라 정말 조금씩 도와주었다.

하지만 단 한 명,

바로 큰아버지에게는 계약금의 절반에 가까운 돈을 투자했다가 날렸다.

사실 그 정도는 이해할 수 있었다.

어쨌든 투자를 할 때는 나름 괜찮은 사업 아이템으로 보였고 아버지가 신중하게 투자를 했던 거니까 말이다.

'하지만 그 이후의 일은 용서할 수 없어.'

투자를 하고 몇 년이 지난 뒤 미국에 계시던 아버지는 우연찮게 한국에 있던 지인을 통해 큰아버지가 크게 성공하신 걸 듣게 된다.

당시에는 자신을 지원해 주느라 꽤 힘드셨던 아버지가 돈이 급한 상태셨고 큰아버지가 하셨던 '다시 사업이 잘되면 투자금의 일부라도 돌려주겠다'는 말을 믿고 연락을 했다.

'연락도 잘 받지 않았지.'

겨우 연락이 닿은 큰아버지에게 부탁을 한 아버지,

하지만 돌아온 대답은 매몰찬 거절이었다.

언제 그런 말을 했냐면서 벌써 노망이 난 것이냐며 모욕을 주었다.

당시 거실에서 전화를 받으셨기에 모든 이야기를 들을 수 있었다. 아버지는 황급히 밖으로 나가셨고 정찬열은 무슨 일인가 싶어 따라가 문 밖에서 이야기를 엿들었다.

수화기 너머의 목소리가 제대로 들리지 않았기 때문에 정확한 사정은 파악할 수 없었다. 하지만 아버지의 목소리, 말투 등을 종합했을 때 큰아버지가 어떻게 나오셨는지 뻔히 알 수 있었다.

게다가 그 뒤로도 생활이 썩 좋아지지 않았단 것도 그의 추리에 힘을 실어주었다.

'하지만 아직 일어난 일은 아니다.'

지금은 그저 밑밥을 깔러 왔을 뿐이다.

즉, 사건이 일어나기 전이란 이야기다. 그러므로 이런 상황에 날을 세워 봤자 오히려 자신에게 독이 될 뿐이었다.

'일단은 기다린다.'

그는 날을 숨기고 웃음을 지으며 큰아버지를 맞이했다.

* * *

5억.

작은 돈이 아니다.

사람에 따라서는 평생 동안 만져 보지 못할 수도 있는 돈
이다.

'멍청했어. 돈이란 건 반드시 필요한 건데 말이야.'

일류 선수들의 생활이 많이 공개되면서 사람들은 야구 선
수들이 모두 잘 번다고 생각한다.

하지만 비율적으로 따졌을 때 그런 것도 아니었다.

야구 선수로서 잘 버는 선수들은 상위 1퍼센트에 불과
하다. 그 외에 선수들은 고만고만한 수익을 낸다.

'20대 중후반에 억대 연봉을 받는다고 해서 결코 많이 받
는 게 아니야.'

야구 선수의 전성기는 30대 초반이다. 그리고 은퇴는 평균
적으로 30대 중후반에 하게 된다.

'40대에도 경기를 뛰는 선수가 없는 건 아니다. 하지만 흔
하지 않아.'

은퇴를 한 야구 선수는 어떻게 될까?

평생 야구만 해온 선수가 할 수 있는 일은 극히 제한적이다. 지도자, 구단 직원, 해설자 정도가 그들에게 열린 문이다.

'하지만 그 문도 현역 시절 충분한 성적을 낸 선수에게만 열리지.'

구단 직원은 예외이기는 했지만 지도자와 해설자는 스타급 플레이어를 원하는 게 일반적이었다.

만약 저기에 들어가지 못한다면?

나이 마흔에 새로운 인생에 도전을 해야 했다.

'게다가 대부분의 선수가 어릴 때 큰돈을 만지기 때문에 연봉을 펑펑 써 버린다.'

직접 경험한 건 아니지만 마이너리그에 있을 때 그런 케이스를 많이 봤었다.

'재테크를 잘해야 돼.'

가장 먼저 해야 될 건 바로 계약금을 손에 쥐는 것이다.

그러기 위해서는 아버지를 설득해야 했다.

'머리 아프군.'

계약, 아버지 설득, 그리고 큰아버지의 제안을 무시하는 일들.

'게다가 날파리가 얼마나 날아들지는 알 수 없는 일이니까.'

로또 2등에 당첨되더라도 사방에서 달려드는 시대다.

아직 계약서에 도장을 찍지 않았는데도 벌써부터 날파리가 꼬이기 시작했다. 드래프트가 끝나고 계약서에 도장을 찍은 게 언론에 보도되면 어떤 일이 벌어질지 예상도 되지 않았다.

'내가 중심을 잡아야 된다. 부모님을 무시할 수는 없지만 모든 일의 결정권은 내게 있다.'

과거처럼 주변에 모든 것을 맡기고 운동만 할 생각은 추호도 없었다.

* * *

2차 드래프트 신인 지명 회의는 서울의 K호텔에서 열렸다. 이날 수십 명의 기자와 야구 관계자들, 그리고 각 구단의 관계자와 700명이 넘는 선수가 참가했다.

'이 중에서 뽑히는 건 고작 100명 남짓이지.'

그리고 또 내년에도 100명이라는 유망주가 새로 들어온다. 그런 일들이 매년 반복되기 때문에 1군에서 살아남는 건 매우 어려운 일이었다.

"찬열아."

"응?"

자신을 부르는 소리에 고개를 돌리자 한승현이 손을 흔들고 있었다.

중요한 자리라고 나름 머리도 정리를 했지만 워낙 뻗치는 머리인지라 제대로 되지는 않은 스타일이었다.

"잘 지냈냐?"

"뭐, 그럭저럭."

한승현은 뭐가 그리 하고 싶은 말이 많은지 계속해서 이야기를 꺼냈다.

'내가 얘랑 이렇게 친했던가?'

정확히 기억은 나지 않지만 친했던 것 같지는 않았다. 오히려 언론의 부추김 덕분에 라이벌 관계를 형성하기도 했었으니까.

그런데 대회 이후로 묘하게 친근하게 대하는 한승현의 태도에 혼란스러웠다.

"저기 찬열아."

뭔가 우물쭈물거리는 그의 모습에 정찬열이 그를 쳐다봤다.

"나 수술하기로 했다."

"수술?"

"응, 너도 뉴스 봤지? 스지우치가 수술하기로 한 거."

"뭐?"

"응? 몰랐어?"

앞으로의 일을 계획하느라 요즘 기사를 보지 않았다.

그래서 몰랐다.

원래대로라면 스지우치는 요미우리에 입단한다.

2군에서 경험을 쌓다가 2년 차에는 1군 데뷔를 위해 준비하던 차에 부상이 터진다.

재활을 하지만 결국 1군 마운드에 서지 못한 채 은퇴를 하게 된다.

그게 스지우치의 운명이었다.

'그게 변했다고?'

"대회에서 이상을 느껴서 정밀 검사를 받았는데 심각하다는 진단을 받았대. 그래서 프로 입단에 문제가 생길 수도 있지만 일단 수술을 결정했다던데."

'또 내가 원인인가?'

연속해서 안타를 맞은 스지우치는 무언가 이상함을 감지했을 수도 있다. 그래서 정밀 검사를 받았을 수도 있다.

'모든 게 가정이지만……'

"그런데 너는 갑자기 왜 수술을 받기로 했는데?"

"스지우치와 나는 비슷한 유형의 투수잖아. 그 녀석이 수술을 한다고 하니까 나도 불안해졌어. 아버지한테 이야기를 했더니 정밀 검사를 받아 보자고 하시더라고. 그래서 얼마

전에 일본에 갔다 왔었어."

아직까지 일본은 한국보다 야구와 관련된 의학에서 앞서 있었다. 한국에서는 찾지 못하는 부상도 일본에서는 찾아낼 가능성이 있었다.

"검사 결과가 나왔는데 팔꿈치가 많이 상했대. 나도 알고 는 있었지만 그 정도까지인지는 몰랐어. 감독님이 매번 괜찮 을 거라고 하셨거든."

고교야구 선수들이 가장 신뢰하는 사람은 누굴까?

바로 감독과 코치들이다.

자신을 가르치는 지도자가 잘못된 길로 인도하지 않을 거 란 믿음을 가진다. 게다가 한국이란 나라는 군사부일체라는 말이 있을 정도로 스승에 대한 신뢰, 존경심이 높은 나라다. 은연중에 그런 믿음이 있었기에 감독의 말을 맹신한다.

"광주 타이거즈가 허락하든?"

한승현은 타이거즈의 1지명 선수다.

구단 측에서 반대 입장을 내놓기 시작하면 꽤 복잡해진다. 여차하면 지명을 포기하는 일이 벌어질 수도 있었다.

"아버지가 으름장을 놓으셨거든. 지명을 포기한다 하더라 도 수술이 우선이라고 말이야. 결국 구단이 양보를 했어. 뭐 계약금이나 그런 부분에서 조정이 있겠지만, 여하튼 10월쯤 에 미국으로 건너가기로 했다."

"그렇군."

한승현조차 바뀌기 시작했다.

'이거 이래도 되는 거야?'

신경 쓰지 않기로 마음먹었지만 주변이 너무 변하니 왠지 무서워졌다.

그때 한승현이 말했다.

"그래도 마음이 편하다."

"편하다고?"

"응, 의사가 그러더라, 만약 부상을 모른 채 공을 던졌다면 선수로서의 수명은 1년 남짓 됐을 거라고. 하지만 수술을 하면 최소 80퍼센트까지는 회복이 가능하다는데 그 이야기를 들으니까 정말 기뻤어."

왜 기쁜지는 말하지 않아도 알 수 있었다.

야구를 계속할 수 있다는 이유, 그 하나의 이유가 그를 기쁘게 했을 것이다.

[선수들은 자리에 착석해 주시길 바랍니다.]

"시작하나 보다."

"그래, 수술 잘 받아라."

"응."

정말 기뻐하는 미소를 짓는 한승현을 보며 정찬열도 웃었다.

'그래, 모두 잘된 일이야.'

이날 1차 지명을 포함하여 총 73명의 고등학교 야구 선수가 프로 구단의 지명을 받아 프로의 길에 발을 들이게 되었다. 드래프트가 끝나고 모든 팀이 유망주들과 계약 협상에 들어갔다.

와이번스가 가장 먼저 만난 건 1차 지명인 정찬열이었다.

커다란 틀은 잡혀 있는 상황, 계약이 길지 않을 거라 예상하고 와이번스에서는 단장인 이진구가 직접 나왔다.

하지만,

"옵션 계약을 넣고 싶습니다."

"옵션?!"

예상하지 못한 정찬열의 말에 김태원이 되물었다.

반면에 정찬열은 침착했다.

"예, 내년 성적에 따른 연봉 옵션을 넣고 싶습니다."

"허……."

황당하다는 듯한 표정이다.

프로 야구계에서 신인 선수에게 계약금을 주는 이유는 당장 연봉이 적으니 충당하라는 의미도 있다.

그런데 옵션 계약을 넣겠다니?

"구단이 제게 거액의 계약금을 주신 건 내년 시즌 1군에서 활약을 보여 달라는 의미로 해석했습니다. 하지만 와이번스에는 뛰어난 선배님이 많이 계십니다. 과연 제가 1군에서 활약할 수 있을지 의문이 듭니다."

약한 소리를 하는 아들의 모습에 정기홍은 당황스러웠다.

본시 계약이란 자신의 장점을 부각하고 단점을 숨기는 게 기본이었다. 그런데 정찬열은 단점을 부각시키고 있었다. 게다가 패기를 보여 줘야 할 신인 선수가 말이다.

이곳에 오기 전 정찬열의 당부가 없었다면 진즉 나서서 그를 자제시키고 계약의 흐름을 다시 가져왔을 것이다.

"아버지, 이번 계약은 제가 나서서 해보고 싶습니다. 앞으로 프로 생활을 하면 다양한 계약을 하게 될 겁니다. 언제까지나 부모님의 도움을 받을 수 없으니 혼자 해보고 싶습니다."

바로 허락을 한 건 아니다.

설득을 하려는 자신을 아들은 한마디로 백기를 들게 만들었다.

"제가 힘들다 판단을 하면 아버지께 의견을 구할게요. 그리고 최종 도장을 찍기 전에도 같이 상의를 하겠습니다."

이렇게까지 이야기를 하니 허락하지 않을 수 없었다.

하지만 지금은 그 결정을 후회했다.

'남아일언중천금이라지만 이렇게 놔 둬도 되는 건가?'

정기홍이 고민하고 있는 사이 이 단장이 입을 열었다.

"단장 생활을 꽤 오래했고 많은 유망주를 만났지만 자네 같은 친구는 처음이로군."

정찬열은 대답 대신 미소를 지었다.

여유 있는 웃음에 이 단장이 미간을 살짝 찌푸리며 물었다.

"그래, 어떤 옵션을 넣어주면 자네가 1군에서 활약하는 데 동기부여가 될 것 같은가?"

미끼를 물었다.

그러나 정찬열은 노련한 낚시꾼처럼 찌를 주시했다.

'방금 전 질문을 봤을 때는 호탕한 타입일 수 있다. 하지만 상대는 무려 단장이다. 함부로 판단을 내릴 순 없어. 바로 본론을 꺼내기보다는…….'

"이보게, 찬열 군."

대답이 없자 이 단장이 다시 입을 열었다.

정찬열이 고개를 들어 그를 바라봤다.

묵직한 저음과 심기가 불편한 표정이 섞이자 꽤 고압적인 자세가 완성이 되었다.

평범한 신인 선수라면 여기서 주눅이 들 것이다.

선수의 부모라 할지라도 구단이 갑인 것을 알고 있기에 여기서 기가 꺾일 것이다.

하지만 정찬열은 아니었다.

오히려 고개를 들어 그의 시선을 피하지 않고 똑바로 쳐다봤다.

'이놈 보게.'

방금 전까지 자신감 없는 말을 내뱉던 신인 선수가 자신을 똑바로 보자 호기심이 일어났다.

'와이번스를 맡은 지 5년째다. 그동안 내 눈을 똑바로 쳐다보던 신인 선수가 있었나?'

단언컨대 없었다.

어떤 선수라도 신인 때는 바짝 기가 쫄아 있다.

프로 구단의 단장이란 바로 그런 자리였다.

상대방이 부담을 느끼는 자리.

게다가 계약이라는 첫 경험을 치르러 들어오는 신인 선수들은 긴장하게 마련이다. 한데 정찬열의 얼굴에서는 긴장을 느낄 수 없었다.

분명 정중한 말투, 약간 긴장한 듯 상기된 목소리였다.

하지만 그의 움직임이나 눈빛은 긴장한 신인 선수라고 보기에는 어려웠다.

'재밌는 녀석이군.'

이진구 단장은 야구인 출신은 아니지만 관련 직종에서 젊은 시절을 보냈다. 덕분에 야구를 보는 눈도 있었고 선수를 분별할 수도 있었다.

'어린 녀석인데 벌써부터 베테랑의 여유를 가지고 있다니.'

그가 생각하기에 포수는 어느 때라도 여유로워야 한다.

그래야 날카로운 성격의 투수를 다독이고 어떤 위기에서도 팀의 중심을 잡을 수 있다.

포수란 바로 그런 자리다.

그런 점에서 봤을 때 정찬열은 꽤 높은 점수를 받을 수 있었다.

"자네가 원하는 걸 속 시원히 이야기해 주게. 계약이란 건 양쪽이 모두 원하는 걸 얻길 원하지. 하지만 한쪽만 유리하게 할 수는 없어. 그래서 협의가 필요해. 그러기 위해서는 양쪽이 조건을 이야기해야 된다네."

가르치는 듯한 태도였지만 정찬열은 별로 기분이 상하지 않았다.

그의 말에 틀린 게 없었기 때문이다.

'꼼수를 숨기고 있을 수도 있지만 일단 내 조건을 이야기해야겠지.'

조건도 말하지 않고 눈치만 봐서는 죽도 밥도 되지 않는다. 마음을 먹은 그가 옵션을 이야기했다.

"60경기 출장에 천만 원, 이후 10경기 단위로 천만 원의 옵션을 붙였으면 합니다. 홈런에서도 10개, 20개, 30개 단위로 각각 천만 원씩, 40개와 50개를 기록하면 이천만 원과 오천만 원의 보너스를 원합니다."

놀랄 만도 하지만 이진구는 별다른 반응을 보이지 않았다.

"총액 1억 7천만 원 규모로군."

"타점과 타율에도 보너스를 넣고 싶습니다."

"그 두 개에도?"

"예, 3할 타율 그리고 100타점을 기록하면 오천만 원씩 보너스 지급을 해주셨으면 합니다."

"그럼 2억 7천만 원인가?"

"맞습니다."

"거기에 본래 연봉인 2천만 원을 추가하면 2억 9천만 원이군. 그냥 3억을 맞추지 그랬나?"

"그럴까요?"

농담에 농담으로 받아치는 정찬열의 모습에 김태원은 기가 찼다.

아무리 옵션을 넣었다지만 신인이 총액 3억이라는 연봉 계약을 한 전례는 없다.

무엇보다 와이번스는 정찬열의 장래를 보고 지명을 한 것이다. 당장은 박현우가 안방마님을 지키고 있었다. 게다가 백업 선수들도 탄탄했다.

그런 상황에서 이렇게까지 무리하면서까지 정찬열을 잡아야 될까?

자신이 직접 주도한 지명이었지만 의문이 들었다.

"오늘 계약서에 도장을 찍을 생각이었는데 보아하니 안 될 거 같군. 우리도 상의를 해봐야 될 내용이니 오늘은 이쯤에서 정리하도록 하지. 괜찮겠습니까? 아버님?"

"아, 예, 그러도록 하시지요."

정기홍이 얼떨떨한 표정으로 고개를 끄덕였다.

그 역시 아들이 말한 조건이 얼마나 허무맹랑한 이야기였는지를 알기에 당황한 것이다.

뭐라 말릴 새도 없이 일어난 일에 그는 아무런 의견도 내지 못했다.

"자, 그럼 자네의 의견은 잘 알았네. 조만간에 김 팀장을 통해 연락을 주도록 하겠네."

"알겠습니다. 잘 부탁드립니다!"

처음으로 운동선수처럼 대답을 하는 정찬열의 모습에 이진구가 어이없다는 듯 웃었다.

"그럼 가보겠습니다!"

두 사람이 문을 닫고 나가자 김태원이 곧장 이 단장에게 물었다.

"단장님! 정말 그 계약을 하실 생각은 아니시죠?"

"물론 아니지. 그리고 저 어린놈도 모든 계약을 따낼 생각이 아니야."

"예?"

"일단 지른 거지. 우리의 반응을 보려고 말이야."

"설마 아직 고등학생인 녀석이 그런 짓을 하려고요."

처음 계약을 하는 사람, 특히 야구 선수들은 자신이 프로가 된다는 사실에 앞뒤 재지 않고 계약서에 사인을 하는 경우가 많았다.

"뭐, 상관없지 않나? 사실 그 정도 성적을 내는 선수라면 제시한 연봉이 많은 것도 아니고 말이야."

김태원이 기겁했다.

사실 이 단장의 말에 틀린 점은 없었다.

3할 30홈런 100타점은 팀의 클린업트리오에 들어갈 수 있는 성적이다.

저 성적을 내는 순간부터는 단순 유망주가 아니다.

게다가 50홈런은 또 어떤가?

프로야구 역사상 단 2명밖에 나오지 않은 기록이다.

그걸 달성한 선수라면 당연히 그 정도의 연봉을 줘야 했다.

하지만,

"그럴 수 없다는 거 아시잖습니까?"

이 단장이 고개를 끄덕였다.

"형평성이란 게 있으니 그럴 수는 없지. 그렇다고 썩 나쁜 건 아니란 말이지."

"예?"

"생각해 보라고. 과연 저 녀석이 프로에 와서 그런 성적을 올릴 수 있을까? 그것도 첫해에 말이야."

"어렵겠죠. 일단 출장 기회부터 많이 없을 겁니다. 박현우의 나이가 많긴 하지만 여전히 국내 최고의 포수입니다. 현장에서도 그에 대한 신임이 두텁고요."

"그렇지. 내가 최 감독과도 이야기를 했지만 현장에서도 이미 정찬열을 2군에서부터 천천히 키울 생각이더군."

"그게 정석이죠. 포수는 하루아침에 완성되는 게 아니잖습니까? 언론에서 너무 띄워주고 게다가 주변에서도 무언가 이야기를 듣고 저렇게 나오는 거겠죠."

심심치 않게 일어나는 일이었다.

프로 야구 계약을 한다고 하면 연락도 없던 사람들이 갑자기 다가온다.

야구에는 아무것도 모르는 사람들이 온갖 감언이설로 어린 선수를 꼬드기고 허황된 꿈을 집어넣는다.

이제 갓 성인이 되려는 선수들은 그런 감언이설에 넘어가 잘못된 선택을 하는 경우가 더러 있었다.

정찬열은 거기에 한 단계 더 나아간 느낌이다.

원래 언론에서도 그에 대한 칭찬을 많이 했지만 최근에는 그 정도가 더욱 높아졌다.

몇몇 언론에서는 자신들이 풀타임을 뛰지 못하는 박현우를 대신해 정찬열을 주전 포수로 쓰려는 계획이라고 말하는 곳도 있었다.

물론 헛소리다.

박현우가 팀에 미치는 영향은 드러난 성적만으로 평가할 수 없다. 그가 벤치에 앉아 격려를 보내는 것만으로도 팀원들의 사기가 올라갔다.

게다가 박현우는 실질적인 성적도 좋았다.

작년 95경기에 나서 2할 7푼 7리, 홈런 21개를 때려냈다.

내년 38살이 되는 걸 감안했을 때 대단한 성적이었다.

본인도 현역 연장에 큰 의욕을 가지고 있기에 앞으로 3~4년은 주전 포수의 걱정이 없었다.

어쨌든 정찬열은 아시아선수권 대회에서 보여준 투수 리드, 블로킹 그리고 프레이밍에 있어서 발전된 모습을 보여주었다.

언론들은 그의 변한 모습에 큰 찬사를 보냈다.

하지만 그건 어디까지나 아마추어 야구에서의 성적이다.

'그 정도의 성적을 낸다면 당연히 줄 수 있다. 문제는 다른 선수들과의 형평성이지.'

현재 와이번스에서 가장 많은 연봉을 받는 건 단연 박현우다.

올해 연봉 4억을 받으며 광주 타이거즈의 상징 이종현과 타자 최고액을 기록 중이었다.

'정찬열이 기록을 달성하지 못하더라도 총액 3억 규모의 계약을 한다는 건 분명 다른 선수들의 반발을 산다.'

이 단장은 고심을 거듭하며 어떤 결정을 내릴지 고민했다.

* * *

정기홍과 함께 집에 돌아온 정찬열은 거실에서 아버지와 독대를 했다.

"도대체 무슨 생각으로 그런 옵션을 요구한 거냐?"

"한국 야구에서 뛰고 있는 타자들의 성적, 연봉을 계산했습니다. 그리고 어떤 성적을 내면 얼마만큼의 연봉을 받는지 계산을 내렸습니다."

"그게 그 옵션이란 거냐?"

"네, 대부분의 선수가 저 정도의 성적을 내면 다음 시즌에 연봉이 대폭 상승했습니다. 잠깐만 기다려 주세요."

정찬열이 자리에서 일어나 방에 다녀왔다.

그의 손에는 묵직한 서류가 들려 있었다.

그것을 내려놓으며 그가 말했다.

"제가 정리한 자료들입니다."

정기홍은 아들이 내민 서류를 차근히 살폈다. 매우 자세하게 정리된 서류를 보며 정기홍은 꽤 놀랐다.

'마치 외국의 에이전트들이 보여준 서류 같군.'

아들의 미국 진출을 위해 외국 에이전트를 다수 만났던 그였다.

그때 자신들이 이렇게 열심히 한다는 걸 보여주기 위해 이것과 비슷한 서류를 보여주었다.

물론 선수는 정찬열 한 명으로 한정되어 있었지만 자료는 매우 자세하고 세세했다.

그런데 아들이 보여준 서류는 그것들과 비슷했다.

사실 비슷할 수밖에 없었다.

회귀 전 정찬열은 에이전트와 친하게 지내면서 자신의 자료를 우연찮게 얻어서 볼 기회가 있었다.

그때의 기억을 토대로 이번 서류를 만들었다. 그렇게 나온 게 정기홍의 손에 들려 있는 것이다.

사실 이번 협상에서 정찬열은 불안함과 기대 두 가지를 가지고 있었다.

일단 에이전트가 없다는 점이 불안했다.

모든 계약을 대리인을 통해 했었던 정찬열에게 이번 계약은 오로지 홀로 나서는 최초의 계약이었다.

그리고 그 최초의 경험 때문에 기대를 가지고 있었다.

그래서 많은 준비를 했었고 그 자료의 결과에 따라 나온 수치를 구단에 요구를 했던 것이다.

"확실히 잘 만들어진 서류다."

아버지의 칭찬에 정찬열이 미소를 지었다.

"감사합……."

"하지만 네가 모르는 게 있단다."

"예?"

"구단들은 선수의 연봉을 책정할 때 단순히 수치로만 결정을 내리지 않아. 그 선수의 공헌도, 팀 내에 미치는 영향력 등을 포괄적으로 수치화해서 연봉을 책정한다. 그런 점에서 봤을 때 이건 오십 점짜리 자료에 불과하다."

오십 점짜리라는 말에 기분이 상했지만 정찬열은 이야기를 들었다.

"너무 욕심내지 마라. 차근차근 단계를 밟아나가야 될 필요도 있는 거야."

아버지의 말을 곱씹어봤다.

'내가 너무 급했던 건가?'

마이너리그에서의 실패를 겪었던 그였다.

하지만 그때의 경험이 있기 때문에 KBO에서 성공할 자신이 있었다. 그러나 아버지의 말대로 아직 보여준 것이 없었다. 지금 생각해 보니 무슨 자신감인가 싶었다.

'아시아선수권 대회의 성적에 너무 고조되어 있었던 걸까?'

마이너리그 8년이란 세월 동안 경험하지 못한 언론의 스포트라이트를 받으면서 자신감이 충만해졌다. 하지만 아버지와 대화를 나눠보니 자신이 너무 거만해져 있다는 걸 느꼈다. 창피했다. 그래도 나름 어른이 되었다고 생각했는데.

'아직 멀었다.'

사실 정찬열은 미국에서 오로지 야구만 했다.

덕분에 회귀를 하면서 또래에 비해 야구에 대해서는 많은 경험을 할 수 있었다.

하지만 사회생활은 아니었다.

에이전트가 구단과 모든 계약을 했었고 구단에 의견을 말할 때도 그들을 통했다. 대화 역시 간단한 회화만 가능하니 동료들과도 심도 있는 이야기를 나누지 못했다.

'아버지에게 배울 게 여전히 많네.'

회귀를 하면서 들뜬 마음을 자제할 필요를 느꼈다.

"계약의 주체는 너다. 하지만 다음부터는 아버지와 상의를 해줬으면 좋겠다."

"네, 아버지."

* * *

아버지의 조언을 받아들여 정찬열은 계약에 관한 내용을 상의하면서 진행했다. 덕분에 KBO와 마이너리그의 계약에 대한 차이를 이해할 수 있었다.

'마이너리그는 수치로 모든 것을 결정짓는다. 하지만 KBO는 확실히 아버지의 말씀이 옳아.'

차후에는 바뀌기는 하지만 현재까지 한국 구단들은 선수의 상징성, 스타성, 발전 가능성 등 보이지 않는 부분 또한 연봉에 추가하고 있었다. 또한 다른 선수들의 형평성도 고려하고 있었다.

'무엇보다 지금 시기가 별로 좋지 않네.'

잊고 있었지만 작년 한국 야구는 매우 좋지 않은 일에 휘말렸었다.

바로 병역 비리다.

주전급 선수들이 대규모로 연루되면서 전력 약화가 일어나 KBO는 경기 수 감소라는 특단의 조치를 내렸다. 게다가 아테네 올림픽에서 예선 탈락을 했던 것 또한 악재였다.

관중 수 자체는 2004년에 비해 늘어나긴 했지만 화제성에서는 크게 떨어지는 년도였다.

'구단들은 연봉에 짜게 나올 수밖에 없지.'

그렇다고 미국 진출을 타진하고 싶지는 않았다.

아무런 준비도 없이 미국에 나갔다가 큰 실패와 좌절, 그리고 절망을 맛봤다.

또한 한국에서 뛰다가 미국으로 건너오는 동기들을 보며 또 다른 생각을 가질 수 있었다.

'이때쯤만 하더라도 KBO에서 뛰던 선수가 미국으로 건너가는 건 있을 수 없는 일이었다.'

가더라도 헐값에 가는 선배들이 대부분이었다.

하지만 정찬열은 미래에는 가능한 일이라는 걸 알고 있었다. 그래서 한국 야구를 택했다.

'차근차근 한 걸음씩…… 그러고 보니 아버지가 했던 말이었군.'

과거 마이너리그 시절 방황할 때도 아버지가 해주셨던 말이었다. 그리고 또 같은 말을 지금도 들었다. 아버지는 언제나 한 걸음을 우선시하는 분이셨다.

'이번에는 잊지 말자.'

다시 한 번 말을 곱씹으며 결정을 내렸다.

4장

프로 힙단

 [인천 와이번스가 고졸 타자들 중 최고의 유망주로 손꼽히던 정찬열 선수와 계약금 5억, 연봉 2천만 원, 옵션 총합 1억에 달하는 계약을 체결했습니다.

 계약금 5억은 역대 타자 최고 기록이며 옵션의 내용은 공개하지 않았지만 총액 1억 2천만 원에 달하는 대형 계약입니다.

 한편 광주 타이거즈 역시 올 시즌 최고의 유망주였던 한승현 선수와 계약금 7억 원, 연봉 2천만 원에 계약을 체결했습니다.

 당초 역대 최고액인 7억을 갱신하고 10억을 받을 거라던 한승현 선수지만 수술을 받기로 결정하며 계약금이 대폭 삭감되었습니다.

 하지만 광주 타이거즈는 한승현 선수의 가치를 인정, 기존 계약금 최고액인 7억을 안겨 주었습니다.

한승현 선수는 조만간 미국으로 출국, 수술을 받을 것으로 알려졌습니다.]

* * *

정찬열은 도장을 찍은 뒤 더 이상 야구부에 나가지 않았다. 간혹 얼굴을 비추기는 했지만 연습에는 불참했다.

스스로 연습을 하는 게 효율이 좋았기 때문이다.

학교 측에서는 내심 서운함을 표하긴 했지만 들어온 계약금에서 기부금을 내자 웃으며 그를 보내줬다.

신인 드래프트를 통해 프로에 입단한 선수는 계약금의 10퍼센트를 모교에 기부하는 정책이 있었다.

그에 따라 정찬열은 5천만 원이란 기부금을 냈다.

또한 원천징수와 내년 종합소득세 신고까지 해야 했기 때문에 골치 아픈 일들이 줄을 이었다.

'조만간에 세무 일을 처리해 줄 곳을 알아봐야겠어.'

일반인이 세금 처리를 하는 것보다는 수수료가 나가더라도 그런 일을 전문적으로 하는 곳을 알아보는 게 옳은 방법이었다.

자칫 잘못해서 처리를 잘못하면 세금 폭탄을 맞을 수 있는 게 바로 개인 사업자였기 때문이다.

특히 한국보다 세금을 더 많이 내는 미국의 경우 에이전시에서 재무관리사를 따로 두는 경우가 있었다.

'이제 슬슬 연봉을 받아야겠는데.'

기부금을 내고 남은 계약금은 현재 아버지가 가지고 계셨다. 만으로 따지면 18살인 정찬열이기에 그런 큰돈을 맡길 수는 없는 노릇이었다. 예전에도 계약금의 대부분을 부모님이 관리해 주셨다.

용돈을 받아 쓰며 미국에서 지냈다. 만약 큰아버지의 속내를 몰랐다면 이번에도 그랬을 것이다. 하지만 이번에는 그럴 수 없었다.

'문제는 어떻게 달라고 하느냐인데.'

상식적으로 생각해도 스무 살도 되지 않은 자식이 억대의 돈을 자기가 관리할 테니 달라고 해도 줄 부모는 많지 않다.

그게 비록 자식의 능력으로 번 돈이라 하더라도 말이다.

그러니 이유가 매우 중요했다. 하지만 아무리 고민을 해도 마땅한 이유가 떠오르지 않았다.

그때였다.

"찬열아, 안 바쁘면 나와서 이야기 좀 하자."

아버지의 부름에 찬열은 몸을 일으켰다.

"예!"

거실에 나오자 아버지와 어머니가 나란히 앉아 있었다.

찬열은 두 사람 너머에 앉았다.

그러자 아버지가 한 장의 통장을 내밀었다.

이게 뭐냐는 얼굴로 쳐다보자 아버지가 말씀하셨다.

"계약금 중 1억이 들어 있다."

"1억이요?"

"그래, 엄마와 많은 상의를 했고 결론을 내린 거다. 이제 너도 성인이니 스스로 돈 관리를 하는 것도 나쁘지 않을 거란 걸 말이다."

설명을 들었지만 찬열은 새삼 놀랐다.

아버지가 꽉 막힌 스타일은 아니었지만 설마 계약금의 절반이나 줄지는 꿈에도 몰랐다.

"그 돈으로 앞으로 장비를 사고 네 스스로 생활비를 해야 할 테니 알아서 쓰거라."

"생활비요?"

"계약금 중 남은 3억으로 문학구장 인근에 아파트를 구매했다. 2군 경기장과도 그리 멀지 않으니 지내기 편할 거다."

"그럼 독립을 하라는……?"

"너도 이제 성인이다. 언제까지 부모 밑에 있을 생각이냐?"

찬열은 당황했다.

사실 독립과 계약금 두 가지 모두 자신이 먼저 이야기할 생각이었다.

겉으로는 만 18세지만 속은 이미 서른이 다 되어가는 나이였다. 당연히 부모님과 지내는 게 불편했었다. 미국에서야 돈이 없으니 그럴 수밖에 없었지만 한국에선 아니었다.

그래서 독립도 하고 싶었지만 이유를 떠올리지 못했는데 부모님이 먼저 제안을 해주신 것이다.

게다가 벌써 아파트를 구매하셨다니? 엄청난 행동력이었다.

"아파트 주소다. 인근에 편의 시설도 충분하고 무엇보다 문학구장 근처라서 그런지 피트니스 센터도 잘되어 있더구나."

"네."

"집을 옮기는 건 졸업 직후로 하자."

"알겠습니다."

찬열은 고개를 끄덕이고 자리에서 일어나 방으로 들어갔다.

그런 아들을 걱정스런 눈빛으로 바라보던 어머니가 말했다.

"찬열이가 걱정이에요. 너무 갑작스럽게 내보내는 건 아닌지……."

"이미 이야기를 했지 않소? 찬열이는 더 이상 아이가 아니오."

"하지만……."

"이번에 찬열이와 이야기를 많이 나누면서 저 아이가 우리 생각보다 이미 철이 들었구나 라고 생각이 들었소. 혼자 나가 살아도 잘할 거요. 게다가 차 타고 가면 30분이면 도착하는 곳인데 뭐가 그리 걱정이오?"

"하긴…… 외국에 나가는 것보다는 낫겠죠."

올 초부터 찬열이 미국으로 갈 수도 있다는 생각을 하며 마음이 불편하던 어머니였다.

차라리 독립을 하더라도 국내에 남는 게 더 좋을 것이라 생각하며 흔들렸던 마음을 다잡았다.

* * *

그 주의 주말.

큰아버지가 집을 찾아왔다.

처음에는 목적을 드러내지 않던 그였지만 술이 한두 잔 들어가면서 분위기가 오르자 본론을 꺼냈다.

"기홍아."

"예, 형님."

"이번에 내가 프렌차이즈를 하나 준비하는데, 너도 투자해 보는 게 어떻겠냐? 투자만 하면 내가 5년 안에 2배…… 아니, 3배로 불려주마!"

"식당이 잘되시나 봅니다."

"하하! 너도 알다시피 마포에서 가장 잘나가는 고깃집 아니냐? 그래서 이번에 한 사업가가 프렌차이즈를 하자고 제안을 했거든. 거기에 너도 동참을 하면……."

"죄송하지만 여윳돈이 없습니다. 그래서 하고 싶어도 할 수가 없어요."

큰아버지의 얼굴이 순간적으로 굳었다. 하지만 순식간에 다시 웃으며 정기홍의 어깨를 툭 쳤다.

"하하! 이 녀석, 농담도 잘하는군. 이번에 찬열이 녀석 계약금 좀 받지 않았나? 그거 잠깐 빌려주면 내가 곧 2배로 불려주마."

"그건 제 돈이 아닙니다. 게다가 이미 찬열이에게 주기로 했습니다."

"뭐?! 그 어린 녀석한테 그렇게 많은 돈을 맡기기로 했다고? 아니, 그 녀석이 돈을 어떻게 쓸 줄 알고 그렇게 덥석 맡기나!"

"그렇게 어리지 않습니다. 충분히 철도 들었고 스스로 앞가림도 할 줄 아는 나이가 됐습니다."

정기홍이 이렇게 생각하는 것에는 많은 대화가 도움이 됐다. 스스로 와이번스 단장과 대면을 하면서 보여준 담대함도 그의 결정에 큰 영향을 미쳤다. 물론 불안한 면이 없지는 않았이지 그래도 아들이니 믿었다.

"허! 이 친구, 요즘 얼마나 못된 놈이 많은데 그래? 그러다가 사기라도 당하면 어쩌려고?!"

"전 제 아들을 믿습니다. 알아서 할 겁니다."

그러면서 술잔을 드는 정기홍의 모습에 큰아버지는 더 이상 아무 말도 하지 못했다. 계획대로 되지 않아 속에서는 열불이 났지만 방법이 아예 없는 것도 아니었다.

'오히려 잘된 걸 수도 있어. 그 어린놈을 꼬드기는 게 더 쉽겠지.'

속내를 숨기며 술잔을 드는 큰아버지였지만 마음속은 이미 다른 곳에 가 있는 그였다.

* * *

"싫습니다."

여름이 한창 진행 중이던 어느 날, 큰아버지가 학교 앞으로 찾아왔다.

정찬열은 그를 보고 얼굴을 일그러뜨렸지만 그래도 집안 어른이란 이유로 그와 함께 인근의 카페로 자리를 옮겼다.

역시나 목적은 자신의 돈이었다. 투자를 하라면서 달콤한 말로 자신을 꼬드기는 모습에 정찬열은 화가 났다.

'예전에도 저런 말로 아버지를 속였겠지.'

그리고 아버지는 자신을 설득했고 말이다. 당시에는 아무것도 몰랐기에 선뜻 허락을 했었다. 돈을 불려준다니 오히려 좋아했다. 또한 집안사람이 설마 사기를 칠 거란 생각은 꿈에도 하지 못했었다.

'뭐, 정확히 이야기하면 사기는 아니지.'

정확하게 투자다. 문제는 큰아버지는 처음부터 정확한 정보를 주지 않았단 것이다. 그것을 제대로 알아보지 않은 자신이나 아버지도 잘못한 점이 있다.

'하지만 훗날 그런 식으로 아버지를 무시한 건 큰아버지의 잘못이다.'

그래서 단호하게 거절을 했다.

그러자 큰아버지의 얼굴이 굳어졌다.

"네가 아직 어려서 잘 모르나 본데, 이런 기회는 쉽게 오는 게 아니란다. 5억을 나에게 맡기면 5년 뒤에는 그 두 배인 10억이 된단다. 야구로 성공하지 못하더라도 충분히 거액을 손에 넣을 수 있는 거야."

"그렇게 좋은 기회면 다른 분을 찾아보시면 될 것 같습니다. 아니면 큰아버지가 조금 더 투자를 하시든가요. 전 훈련이 있어서 먼저 가보겠습니다."

"어른이 아직 이야기를 끝내지도 않았는데 어디를 가?!"

큰아버지가 성을 냈지만 찬열은 무시하고 자리에서 일어

나며 계산서를 들었다.

'하나라도 얻어먹기 싫다.'

그는 계산을 하고 뒤에서 소리치는 큰아버지를 두고 카페를 나섰다.

"후우—!"

아직 앳된 모습이 보이는 까무잡잡한 피부의 청년이 한숨을 쉬었다.

그만이 아니었다. 옆에 있는 다른 청년들도 하나같이 긴장한 티가 역력했다.

'자식들, 프로 구단에 왔다고 긴장하는 거 봐라.'

반면 정찬열은 무심한 얼굴로 자리에 앉아 있었다.

구단 측에서 내준 아이스커피를 쪽쪽 빨면서 순식간에 한 통을 비워내는 그를 보며 동기생들은 고개를 절레절레 저었다.

'저 녀석은 긴장도 되지 않는 건가?'

'이런 상황에 커피가 넘어가냐?!'

하지만 찬열의 입장에서는 긴장할 이유가 하나도 없었다.

'어차피 내년부터는 매일같이 얼굴을 봐야 될 사람들인데 긴장은 무슨.'

딸칵—!

그때 대기실의 문이 열리고 구단 직원이 들어왔다.

"모두들 감독실로 이동할게요."

직원의 말에 선수들은 현장 학습을 나온 유치원생들처럼 구단을 이리저리 둘러보며 감독실로 향했다.

똑똑-!

"감독님, 선수들 왔습니다."

"들어오게."

문이 열리고 직원의 손짓에 선수들이 안으로 들어갔다.

안에는 현 와이번스의 감독인 백용태 감독, 그리고 코치들이 자리에 앉아 있었다.

"안녕하십니까?!"

"뵙게 되어 영광입니다!"

그들을 본 선수들이 일제히 허리가 끊어져라 숙이며 인사를 했다. 찬열도 고개를 숙이고 인사를 하자 백용태가 손을 들며 미소를 지었다.

"하하! 아직 어려서 그런가 힘이 넘치는군. 그래, 다들 앞으로 잘 부탁한다."

끝에서부터 선수 한 명 한 명의 손을 맞잡아준 백용태는 중간쯤 서 있는 정찬열을 보고는 미소가 짙어졌다.

"자네가 정찬열이군."

"처음 뵙겠습니다."

"아시아선수권 대회에서 활약하는 모습은 잘 봤다. 정말 잘하더군."

"감사합니다."

고개를 숙이는 그를 보며 백용태는 흐뭇한 미소를 지었다.

내년 시즌 1군에 합류할 가능성은 낮지만 충분히 가능성이 있는 선수를 보는 건 지도자의 입장에서 언제나 기분이 좋았다.

다른 선수들은 정찬열을 질투 어린 시선으로 쳐다봤지만 정작 본인은 별다른 감흥이 없었다.

'백용태 감독은 올 시즌이 끝나면 경질되지.'

이후 감독이 누구였는지까지는 기억나지 않지만 경질은 확실히 기억이 났다. 즉, 백 감독에게 잘 보여 봤자 자신에게 득이 될 건 없었다.

코치진들 역시 마찬가지였다. 감독이 바뀌면 코치진도 모두 교체가 된다.

그런 속내를 드러내지 않은 채 찬열은 선수단까지 인사를 하고는 첫인사를 끝냈다.

다른 선수들이 곧장 구장을 빠져나가는 사이, 찬열은 자신들을 안내해 준 직원을 찾았다.

"저기, 김 과장님."

"응? 정찬열 선수, 아직 안 돌아갔어요?"

"잠깐 여쭤볼게 있어서요. 혹시 예그리나 아파트 단지나 구장 근처에 괜찮은 피트니스 센터 없을까요?"

"센터?"

"예, 내년 시즌을 대비해서 체계적인 훈련을 하고 싶은데 이쪽에는 정보가 별로 없네요."

"부지런하네요. 벌써부터 그런 걸 알아보고 다니다니. 그러고 보니 이쪽에서 꽤 유명한 트레이너가 최근에 피트니스 센터를 하나 개업했어요. 주소 적어줄게요."

김 과장이 메모지에 주소를 적어 그에게 건네주었다.

"딱히 왕래는 없지만 선수들 사이에는 꽤 유명한 거 같더라고요. 한번 가 봐요."

"감사합니다!"

인사를 하고 나가는 찬열을 바라보며 김 과장이 흐뭇한 미소를 지었다.

* * *

9월이 되자 찬열은 부모님의 집을 나와 아파트로 이사를 했다.

넓은 집은 아니었지만 찬열 혼자 살기에는 충분한 크기의 집이었다.

방도 두 개나 있어 다양하게 활용할 수 있었다.

무엇보다 거실에서 통유리를 통해 보이는 도시의 전경, 그리고 문학구장의 모습이 제일 마음에 들었다.

'최대한 빠른 시일 내에 저곳에서 마스크를 쓸 수 있기를⋯⋯.'

다시 한 번 다짐하며 그는 짐을 정리했다.

첫 독립이기에 대부분의 가전제품을 새로 구입했다.

가구들 역시 마찬가지였는데 덕분에 자신의 취향에 맞는 인테리어를 완성할 수 있었다.

"어머, 집이 무척 깔끔해졌네. 우리 아들 센스 좋은데?"

이사를 끝내고 삼 일째 되는 날.

어머니는 매일같이 찬열의 집에 오셨다.

이사를 도와주기 위해서라지만 그것은 핑계에 불과하다는 걸 찬열은 잘 알고 있었다.

그래도 이렇게라도 어머니와 시간을 보낼 수 있으니 그리 나쁘지 않았다.

"이건 밥 얼려놓은 거고 밑반찬 좀 싸 왔어. 괜히 라면이나 인스턴트 먹지 말고 밥 먹어! 밥!"

"네."

텅텅 비어 있던 냉장고를 가득 채운 후 어머니는 방을 쓸고 닦으며 시간을 보내셨다. 한시도 쉬지 않는 어머니 덕분에 찬열도 열심히 청소를 할 수밖에 없었다.

찬열의 훈련이 본격적으로 시작이 된 건 다음 날 아침부터였다.

새벽에 일어난 그는 아파트 인근에 있는 공원에 나가 달리기를 하며 하루를 시작했다.

'잘 꾸며져 있네.'

만들어진 지 오래되지 않은 듯 공원은 쾌적했다. 쓰레기도 없었고 풀들도 관리가 잘되어 있어 시각적으로도 훌륭했다.

'좋아. 조금 속도를 내볼까?'

한 바퀴를 완주한 찬열은 더욱 속도를 냈다.

그렇게 두 바퀴, 세 바퀴를 넘어 열 바퀴가 되었을 때도 그는 멈추지 않았다.

보통 야구 선수라고 하면 다른 스포츠보다 큰 덩치 때문에 운동량이 얼마 되지 않을 거라 생각하는 이들도 있다.

하지만 그건 정말 잘못된 생각이었다.

일단 프로 선수는 하루에 몇 시간씩 운동을 한다. 게다가 덩치가 크고 뱃살이 나오더라도 유연성이나 근력 등은 일반인과 비교할 수 없을 정도로 좋다.

특히 매일 3시간에 가까운 시간을 그라운드에서 뛸 수 있는 체력을 만들어야 되기 때문에 지구력은 다른 스포츠와 비교해도 결코 떨어지지 않는다.

'내년 시즌 1군에 올라가기 위해서는 일단 체력을 만들어야 한다.'

고등학교 야구부라 하더라도 연습량은 많았다.

하지만 육체적인 발달이 덜되어 있기 때문에 프로 선수들에 비하면 많이 떨어지는 게 사실이다.

찬열도 아마추어에서는 체격이 큰 편이지만 프로에 올라가면 평균이 된다.

'살을 찌우기보다는 근육을 만든다는 이미지로 운동을 해야 돼.'

하지만 혼자 하는 운동은 한계가 있었다.

'피트니스 센터를 조금 둘러봐야겠어.'

이후의 계획을 결정하며 그는 아침 운동을 끝냈다.

* * *

아침을 먹은 찬열은 곧장 집을 나섰다.

그가 향한 곳은 인근의 상가에 있는 피트니스 센터들이었다.

"생긴 지 얼마 안 돼서 그런지 하나같이 시설은 좋네."

아파트 단지가 만들어진 지 얼마 되지 않아 센터들 역시 최신식의 새 기구들이 놓여져 있었다.

"퍼스널 트레이닝 비용은 조금 비싸긴 하지만."

조금만 더 지나면 한국에는 몸짱 열풍이 휘몰아친다.

덕분에 퍼스널 트레이닝이 대중화가 되면서 비용도 낮아진다. 하지만 아직까지는 그렇게 비용이 싸지는 않았다. 아니, 일반인이 접근하기에는 꽤 비쌌다.

"저기가 김 과장님이 알려주신 곳이군."

집에서 15분가량 떨어져 있는 곳에 김 과장이 말했던 피트니스 센터가 보였다. 다른 센터들보다는 거리가 있었지만 그렇다고 아예 먼 것도 아니었다.

안에 들어서자 요란한 음악 소리가 들려왔다.

"어서 오세요. 처음 오시는 건가요?"

그런 찬열에게 한 여인이 다가왔다. 몸에 달라붙는 운동복을 입은 여인은 잡티 하나 없는 깨끗한 피부가 인상적이었다.

"아, 예, 퍼스널 트레이닝 상담 좀 받으려고요."

"어머, PT요?"

"네, 그런데 왜 그렇게 놀라세요?"

"오픈한 지 한 달이 다 됐는데 PT 상담하러 오시는 분은 처음이거든요."

생긋 웃는 그녀의 미소가 무척이나 아름다웠다.

"그럼 이쪽으로 오시겠어요?"

그녀를 따라 간 곳은 작은 상담실이었다.

깔끔하고 심플하게 정리가 된 것이 꽤나 마음에 들었다.

"음료는 어떤 걸로 가져다 드릴까요?"

"아, 스포츠 음료로 부탁드릴게요."

"네~"

음료수를 가져온 그녀가 찬열의 옆에 앉아 상담을 시작했다.

* * *

"그럼 생각하고 연락드리겠습니다."

"네~ PT가 아니더라도 여기 센터 기구들 좋으니까 운동하러 나오세요~"

"하하! 그럴게요."

웃으며 마중해 주는 그녀를 뒤로 하고 찬열은 센터를 나섰다.

'가르치는 선생님도 꽤 많고 운동에 대한 지식도 풍부한 것 같아.'

30분 동안 대화를 하며 그녀의 운동 지식에 종종 감탄을 한 찬열이었다. 그리고 무엇보다,

'가장 예뻤어!'

기왕이면 다홍치마였다.

찬열의 마음은 이미 이곳 아레나 피트니스 센터로 기울기 시작했다.

고민은 길지 않았다.

이틀 뒤, 찬열은 곧장 아레나 피트니스 센터에 재방문을 했다.

"어머! 정찬열 회원님."

아직 자신을 기억해 주며 반갑게 맞이해 주는 여자 트레이너, 정은지를 보니 웃음이 절로 지어졌다.

"PT 등록 좀 하려고요."

"결정하셨군요? 그럼 이쪽으로 오시겠어요?"

정은지의 뒤를 따라 이전에 갔었던 사무실에 다시 들어갔다.

"오늘도 스포츠 드링크로 드릴까요?"

"네, 부탁드릴게요."

찬열은 그녀가 자신이 마셨던 음료를 기억하는 모습에 기분이 좋아졌다.

잠시 후, 음료수를 가지고 와 그녀가 옆에 앉으며 서류를 꺼냈다.

"저번에 말씀드렸지만 센터에서 퍼스널 트레이닝을 할 수 있는 선생님이 현재까지 네 분이 계세요. 각각 주 종목을 말씀드렸는데 기억하세요?"

"네, 기억하고 있습니다."

"가장 중요한 건 흥미가 가는 운동법이에요. 그다음이 정찬열 회원님이 운동을 하는 목적이죠. 퍼스널 트레이닝을 받으시려는 게 몸을 만들기 위해서인가요?"

"정확히 말씀드리면 보여주는 몸을 만들기보다는 내실을 다지고 싶습니다. 근력, 지구력, 유연성, 민첩성 등등 모든 부분에서 육체 능력을 올리는 게 목적입니다."

"전문적이신데요? 혹시 직업이……?"

"내년부터 와이번스에 신인 선수로 들어가게 됐습니다."

"와이번스요?! 저 거기 엄청 팬인데! 포지션이 어떻게 되세요?"

"포수입니다."

"아! 그러고 보니 이번에 1순위로 지명이 됐다는……?"

그제야 떠오른 듯 정은지가 손뼉을 쳤다.

"네, 운이 좋았습니다."

"운이라뇨! 와이번스 팬클럽에서는 난리도 아니던데요?! 분명 사진도 봤었는데…… 유니폼 입은 거랑 이미지가 많이 다르시네요."

"모자도 안 썼으니까요."

"아하!"

고개를 끄덕인 그녀가 서류를 치우고 다른 종이를 꺼내 들었다.

"야구 선수라면 퍼스널 트레이닝이라 하더라도 일반인과 같은 방식으로 하면 안 되죠. 제가 추천하는 건 최근 외국에서 유행 중인 크로스핏이에요."

"크로스핏이요?"

그게 무엇인지 알고 있었다.

마이너리그 시절 동료들이 크로스핏을 하는 걸 보고는 자신도 따라했으니까.

그럼에도 되물은 건 다소 의외였기 때문이다.

한국에서 크로스핏이 유행하기 시작하는 건 2009년이 되어야 된다. 아직 4년이나 남았다는 뜻이다. 그러니 그런 운동법을 언급하여 놀란 것이다.

하지만 정은지는 그걸 모르기에 자세히 설명을 했다.

"네, 아직 국내에는 아는 사람만 아는 운동법이에요. 외국에서는 경찰관, 소방관, 운동선수들이 전문적으로 배우고 있어요."

여기까지는 아는 내용이었다.

동료들이 자신을 꼬실 때도 이런 이야기를 했으니까.

"크로스핏은 간단히 말해 여러 운동을 복합적으로 하는 운동법이에요. 근력 운동, 유산소를 동시에 하기 때문에 제대로만 하신다면 야구 선수에게도 매우 좋은 운동이죠."

"음……."

"저번에도 말씀드렸듯이 저희 센터에는 크로스핏을 전문적으로 배우신 선생님도 계세요. 그분에게 배운다면 부상 위험도 적을 거예요."

"부상이야 어떤 운동을 하건 위험이 있으니까 괜찮습니다. 그런데 그 크로스핏을 한다면 유연성에도 도움을 받을 수 있는 건가요?"

"유연성이요?"

"예, 야구라는 운동이 원래 유연성이 많이 필요합니다. 보편적인 인식으로는 '투수만 유연하면 좋다' 정도로 알려져 있긴 하지만 타자 역시 마찬가지입니다."

실제로 미래에는 빅 리그 선수들 중 요가를 배우는 이들도 있었다.

"그래요? 그럼 필라테스를 같이 해보시겠어요?"

"필라테스요?"

"네, 이것도 국내에는 보급이 잘 안 되어 있지만 제가 자격증을 가지고 있거든요. 유연성도 단련할 수 있지만 무엇보다 파워 하우스 강화에 특화되어 있어요."

"파워 하우스요?"

처음 듣는 용어에 찬열이 의아해하자 정은지가 자리에서

일어났다. 그러면서 자신의 갈비뼈부터 엉덩이까지 크게 원을 그렸다.

"필라테스에서 이쪽 부분을 파워 하우스라고 해요. 사람이 힘을 쓸 때 이쪽의 근육이 움직이면서 파워가 나오거든요?"

"코어네요?"

"역시 운동을 하시는 분이라 아시네요! 네, 맞아요. 정확히 이야기하면 코어의 확장판이라고 보시면 돼요. 아시겠지만 코어는 이 정도라면 파워 하우스는 두 배? 세 배쯤 되죠."

찬열은 고개를 끄덕였다.

실제로 은지가 보여준 근육의 면적은 코어 근육의 두세 배쯤 되었다.

'저 정도의 중심 근육을 단련하면 확실히 파워를 내는 데 수월하다.'

이전에는 몰랐던 코어 단련법에 찬열은 호기심이 동했다.

"두 가지를 한 번에 배울 수 있습니까?"

"아니요, 그렇게 하시면 안 돼요. 둘 모두 하드한 운동법이라서 초기에는 하나씩 익숙해지셔야 돼요."

정은지가 단호하게 말했다.

그녀의 말에 찬열이 고개를 끄덕였다.

'그래, 괜히 욕심내지 말자. 이것도 하나씩 배워 나가면 돼. 아직 내게는 시간이 많다.'

"그럼 크로스핏부터 배우겠습니다."

코어 운동은 당장 하고 있는 것만으로도 단련이 된다.

그렇다면 전체적인 신체 능력을 상승시키는 게 우선이었다.

"그럼 코스를 자세히 설명해 드릴게요."

그 뒤로 삼십 분간 상담을 받고 찬열은 주 3회 코스로 결정을 내렸다.

비용이 꽤 나오기는 했지만 스스로에 대한 투자라 생각하며 아까워하지 않았다.

* * *

[인천 와이번스 백용태 감독 전격 경질!]

[2년 연속 포스트시즌 진출에 실패한 백용태 감독을 경질한 와이번스! 과연 차기 감독은 누가 될 것인가?!]

정찬열의 기억대로 백용태 감독은 경질되었다.

"뭐, 나와는 별로 상관없지."

정찬열은 별다른 동요를 보이지 않았다.

지금 그는 제로에서 시작하는 상태였다.

새로운 감독이든 기존 감독이든 간에 자신이 보여준 모습은 고교 대회가 전부였다.

프로에서 보여준 모습이 아니었기에 어떤 감독이든 자신에 대한 판단은 함부로 할 수 없었다.

즉, 편견이 없단 뜻이다.

"내가 해야 될 건 스프링캠프를 준비하는 거다."

포스트시즌에 탈락한 팀들은 이제 마무리 훈련과 오프시즌을 동시에 준비한다. 그 뒤 살아남은 선수들은 내년에 스프링캠프를 떠난다.

정찬열은 이제 갓 입단을 했으니 오프 시즌에 잘릴 가능성은 없었고 트레이드가 될 가능성도 매우 희박하다.

즉, 다음 단계인 스프링캠프를 준비해야 된다는 소리다.

"감독이 누가 되느냐에 따라서 2군에서 시작할 가능성도 있지만……."

이 역시 희박한 가능성이지만 트레이드보다는 높다.

1지명이라 하더라도 감독의 성향에 따라 스프링캠프를 따라올 수도 아니면 2군에서 뛸 수도 있다.

"하지만 누가 감독이 되더라도 국내에 돌아오면 한두 번의 기회는 올 거다. 그 기회를 잡아야 돼."

옛말에 '준비가 된 자만이 기회를 잡을 수 있다'라는 말이 있다. 마이너리그 시절 정찬열은 그 말을 뼈저리게 느꼈다.

"공격과 수비, 둘 다 잡아야 어떤 감독이 오더라도 제대로 주전 경쟁을 할 수 있다."

타격은 연습으로 커버할 수 있다.

또한 회귀를 해서 그런지 미래에 겪을 부상들이 전혀 없었다.

덕분에 제대로 된 타격을 할 수 있었다.

"문제는 수비인데……."

기본적인 수비야 경험이 있으니 충분히 가능하다.

하지만 투수의 리드, 타자의 정보는 현재의 그로서는 막막한 일이다.

"구단에 도움을 요청해야겠어."

결정을 내린 그는 곧장 자신을 안내해 주었던 김 과장에게 연락을 했다.

[여보세요?]

"저, 정찬열입니다. 김 과장님!"

[오~ 정 선수, 웬일이에요?]

"다름이 아니라 부탁드릴 게 좀 있어서요. 구장에 계시면 그쪽으로 가도 될까요?"

[아, 지금 구장이에요. 언제든지 찾아와요.]

"예! 그럼 곧 가겠습니다!"

전화를 끊은 찬열은 겉옷을 입고 나갈 준비를 했다.

"역시 부탁은 얼굴을 보고 해야지."

그는 곧장 구단으로 향했다. 그리 먼 거리에 있는 건 아니었기에 곧 구장에 도착할 수 있었다. 경비원에게 신분을 밝히고 사무실로 향했다.

이전에 와 본 적이 있기에 찾는 건 크게 어렵지 않았다.

사무실에 들어가자 많은 직원이 업무를 보고 있었다.

'와이번스의 시즌은 끝났지만 구단 직원들에게는 휴식이란 없지.'

바쁘게 일하는 구단 직원을 보고 있을 때, 김 과장이 그를 발견하고 다가왔다.

"정 선수!"

"안녕하세요."

"집이 가깝다고 하더니 일찍 왔네요. 마실 거 좀 줄까요?"

"아뇨, 괜찮습니다."

김 과장이 손짓으로 응접실을 가리켰다.

문을 닫은 김 과장은 찬열의 맞은편에 앉으며 본론을 꺼냈다.

"그래, 무슨 일로 이렇게 구장까지 찾아왔어요?"

"다름이 아니라 백넷 기록을 보고 싶어서 부탁드리기 위해 왔습니다."

"백넷 기록지요?"

김 과장이 다소 놀란 표정을 지었다.

지금까지 많은 야구 선수를 봐왔지만 갓 입단 계약을 한 선수가 백넷 기록지를 보여 달란 경우는 없었다.

"그건 왜요?"

"아시겠지만 전 포수로 와이번스에 입단했습니다. 포수가 해야 될 것 중에 하나가 바로 투수 리드입니다. 물론 시즌에 들어가면 전력분석원분들이 자세한 정보를 주겠지만 그전에 조금이라도 공부를 해두고 싶습니다."

"뭐, 정 선수도 우리 팀 선수니까 보여주는 건 상관없지만 외부 유출은 안 됩니다. 이곳에 오셔서 보셔야 돼요."

"예, 괜찮습니다."

"알겠습니다. 그럼 위에 보고를 올리고 확정이 나면 알려 드리도록 하겠습니다."

"감사합니다!"

　인사를 하고 사무실을 나가는 찬열을 보며 김 과장은 고개를 끄덕였다.

　'프로는 고교에서 일류라고 불리던 선수들이 모이는 곳이야. 그런 곳에서 똑같이 훈련을 받고 남들이 쉴 때 다 쉬면 결코 성공하지 못해. 남들보다 더 노력하는 저런 타입이 성공하지.'

　김 과장은 먼 미래 정찬열이 와이번스를 대표하는 선수가 될 거라고 예상하며 위에 올릴 보고서를 작성하기 시작했다.

와이번스에서는 쉽게 허락이 떨어졌다.

리포트를 보기 편하게끔 따로 사무실을 마련해 그곳을 언제든지 사용할 수 있게 해주었다.

"후아—! 이걸 언제 다 보냐."

노트북 안에 들어 있는 기록지는 방대한 양이었다.

백넷 기록은 각 구단의 전력분석원들이 포수의 뒤편 백네트 너머에 앉아 기록하기 때문에 붙여진 이름이다.

KBO의 공식 기록과는 다르지만 대부분의 팀에서 이걸 기본으로 전력 분석을 짠다. 배터리와 타자의 머리싸움도 여기에서부터 시작된다.

대부분 전력분석원이 분석을 해서 경기 전 브리핑을 통해 선수들과 코치진에 알려준다. 그렇기 때문에 이렇게 양이 많을 줄은 몰랐다.

"하긴 그때는 백넷 기록을 보려고 하지도 않았지."

방대한 숫자의 미국 선수들의 버릇을 보기 위해 백넷 기록을 보는 건 매우 비효율적이다. 차라리 전력분석원들에게 정보를 받는 게 더 나았다.

하지만 한국은 다르다. 일단 주전으로 뛰는 선수가 제한적이다. 그리고 그 선수의 숫자도 적다. 리그가 다르지도 않았기 때문에 기록지를 보면 어느 정도 선수의 특성을 알 수 있다.

"가장 먼저 봐야 될 건 역시 와이번스의 타자들이지."

앞으로 그가 첫 번째로 상대해야 되는 건 와이번스의 선수들이다. 동료지만 당장은 경쟁자다. 그렇기 때문에 그들의 습성을 먼저 파악해야 한다.

'지금이 10월, 마무리 훈련을 참가하지 않는다고 해도 내년 스프링캠프까지는 3개월의 시간이 있어 그 안에 선수들에 대한 정보를 파악해야 돼.'

빠듯했지만 불가능한 건 아니다.

그는 자리에 앉아 와이번스 선수단의 백넷 기록을 보기 시작했다.

* * *

다음 날부터 찬열의 본격적인 몸 만들기가 시작됐다.

"자, 일단 기본부터 시작해 보죠. 센터 그리고 가르치는 사람마다 다르긴 하지만 제 기본 운동은 이것입니다."

하얗고 가지런히 정리되어 있는 건치가 인상적인 한영호 코치가 시범을 보이기 시작했다.

"제일 처음엔 스쿼트. 무릎이 발가락보다 앞에 나오지 않게 주의하세요. 허리는 꼿꼿이, 엉덩이를 내린다는 느낌으로 해주시면 됩니다."

순식간에 스쿼트를 20개까지 한 그는 다음 단계로 넘어갔다.

"스쿼트가 끝나면 푸시업을 합니다. 팔굽혀펴기죠. 손바닥은 가슴 옆에 일직선으로 두는 게 중요합니다."

이것도 열 개였다.

"다음은 윗몸일으키기. 복근의 수축을 느끼면서 해주셔야 됩니다."

이것도 열 개.

"마지막은 버핏입니다. 일어날 때 점프를 해주시는 게 포인트입니다. 이것까지 열 개를 해주시면 됩니다. 이게 1세트입니다. 원래 일반인은 처음에는 5세트만 하면 되지만 운동선수시니 8세트로 가도록 하죠."

"예, 알겠습니다."

찬열은 고개를 끄덕이고는 한영호의 스타트 신호와 함께 준비운동을 시작했다.

두 번째 세트까지는 그래도 할 만했다.

하지만 세 번째가 되면서부터 점점 숨이 차오르기 시작했다. 그리고 다섯 번째가 됐을 때는 머리가 어지러웠다.

'내 체력이 이렇게 약했나?'

나름 체력에 자신 있던 찬열이지만 벌써부터 숨이 차오르는 것에 충격을 받았다.

그래도 이를 악물고 8세트까지 끝냈다.

"헉…… 헉……."

"힘들죠?"

한영호의 질문에 찬열이 고개를 끄덕였다. 대답할 힘도 없었다.

"힘든 게 당연합니다. 아무리 운동선수라 해도 사용하는 근육은 한정되어 있습니다. 크로스핏은 복합 운동이에요. 전체적인 근육을 모두 사용하죠. 당연히 그동안 사용하지 않던 근육도 움직이니 힘들 수밖에 없습니다."

설명이 귀에 들어오긴 했지만 대답할 여력은 없었다.

"또한 버핏은 무산소와 유산소를 섞은 운동법입니다. 숨이 차오르게 되어 있어요. 정찬열 회원님은 아직 버핏을 할 때 호흡법이 안정적이지 않아 더욱 힘든 겁니다."

"호흡…… 법이요?"

"네, 잘 보세요. 여기 내려갈 때 호흡을 들이마십니다. 그리고 푸시업을 하고 올라올 때 내쉬는 거죠. 물론 쉽지는 않지만 운동에서 가장 중요한 게 호흡법이니 잘해주셔야 됩니다."

"네……."

"그래도 잘하셨어요. 첫날에 8세트를 이렇게 빠른 시간에 끝다니, 역시 운동선수는 다르네요."

칭찬에 찬열의 입가에 미소가 그려졌다. 하지만 그 미소는 오래가지 못했다.

"자, 이제 본격적으로 시작해 볼까요?"

그랬다.

이건 아직 준비운동에 불과했다.

이날 찬열은 딱 죽지 않을 만큼 운동을 했다.

* * *

크로스핏이 끝나자 찬열은 아침 식사를 했다.

운동선수에게 훈련만큼이나 중요한 게 바로 식사다.

어머니가 매일같이 찾아오셔서 음식을 해주시기에 영양에 는 문제가 없었다. 그저 많이 먹으면 됐다.

식사가 끝나면 곧장 구장으로 향했다.

사무실에 들려 인사를 하고 방으로 들어가 백넷 기록을 보 며 와이번스 타자들의 정보를 얻었다.

9명뿐이라고는 하나 구종, 코스에 따라 대응이 달라진다.

그리고 투수가 왼손, 오른손, 오버핸드, 쓰리쿼터, 언더핸 드이냐에 따라서 또 기록이 달라진다.

그렇기 때문에 한 팀에 대한 정보를 모두 보는 것만 해도 꽤 시일이 걸렸다.

찬열이 그렇게 훈련과 공부에 열중한 지 한 달이 됐을 때,

[인천 와이번스는 새로운 사령탑으로 이동건 감독을 임명했다고 발표했습니다. 이동건 감독은 와이번스의 전신인 전주 레이더스의 안방마님으로 활약했습니다.

계약 조건은 쌍방 합의하에 발표하지 않았지만 연봉 1억 5천만 원 수준인 것으로 알려졌습니다.

한편 일각에서는 배터리 코치까지밖에 경험이 없는 이동건 신임 감독이 제대로 팀을 운영하겠느냐며 부정적인 의견이 나오고 있습니다.

실제로 이동건 감독은 올해 43살의 나이로 타 팀에 비해 매우 젊은 감독입니다.]

"이동건 감독이 와이번스에 부임했다고?"

찬열은 놀란 눈으로 모니터를 응시했다.

그 역시 이동건이란 사람에 대해 잘 알고 있었다. 아니, 앞으로 5년 뒤에 한국 야구에서 이동건이란 인물을 모를 사람은 없었다.

"서울 트윈스 부임 첫해에 정규 시즌 3위, 한국 시리즈 준

우승을 시작으로 이듬해에도 정규 시즌 4위, 한국 시리즈까지 진출시킨 이동건 감독."

하지만 트윈스는 그를 내보낸다.

우승을 하지 못한 것을 감독이 젊기 때문이란 생각을 했기 때문이다.

그러나 구단의 판단은 오판이었다.

이듬해 이동건은 목동 히어로즈의 새로운 사령탑으로 부임해 팀을 한국 시리즈까지 올려놓는다. 반면 트윈스는 4강 진입에도 실패하며 쓸쓸한 가을을 보내게 된다.

이후에도 이동건은 젊은 나이에 어울리는 파격적인 기용과 과감한 전술을 이용하며 순식간에 명장의 반열에 오른다.

"하지만 이동건이 감독의 자리에 오르는 건 5년 뒤인데?"

시간이 짧아져도 너무 짧아졌다.

"나 때문인가?"

그렇다고 하기에는 자신과 이동건 감독과의 접점이 전혀 없었다.

"이게 득이 될지 실이 될지……."

이유를 모르는 변화에 정찬열은 머리를 긁으며 한숨을 내쉬었다.

경기도 모처의 일식집.

이동건 신임 감독은 자신과 함께 와이번스에 부임하게 될 최호성과 함께 술잔을 기울이고 있었다.

"오늘 구단에서 공식 발표를 했더군."

최호성은 이동건보다 2살이 위였다. 서울 베어스에서 투수 코치를 맡았던 그는 이동건의 요청을 받아들여 이번 시즌을 끝으로 베어스를 떠나기로 결정했다.

그만큼 두 사람은 막역한 사이였다. 현역 시절 레이더스의 2선발과 주전 포수로서 언제나 호흡을 맞췄으니 사이가 좋은 건 어찌 보면 당연했다.

"그렇더군요."

"하여간 관심이 없다니까. 그런데 말이야, 내가 궁금한 게 하나 있거든?"

"뜸들이지 마시고 이야기 하시죠."

"왜 감독직을 승낙한 거냐?"

예상했던 질문에 이동건이 웃으며 술잔을 비웠다. 대답을 미루는 그의 모습에 최호성이 답답하다는 듯 물었다.

"거의 모든 구단에서 배터리 코치로 널 영입하려고 했을 때 모두 거절했다. 몇몇 구단에서는 감독직도 제안했었던 걸로 안다."

"역시 좁은 바닥이네요. 나름 비밀을 철저하게 지킨다고
했는데."

"그걸 떠나서 갑자기 왜 와이번스냐? 레이더스에서 뛰었
기 때문이라는 웃긴 소리는 하지 마라. 네가 그런 성격이 아
니란 건 잘 아니까."

최호성이 냉정하게 이야기했다.

그가 아는 이동건이란 사내는 정에 휘말리는 사람이 아니
었다. 그렇다고 냉혈한은 아니었지만 공과 사를 정확히 구분
할 수 있는 남자였다.

"저도 이렇게 빨리 현장으로 가게 될지 몰랐습니다. 생각
도 없었고요."

"그런데?"

"흥미로운 녀석이 생겼습니다. 그녀석이 커 가는 걸 지켜
보고 싶습니다. 정확히 이야기하면 과연 그놈이 어디까지 성
장할지 기대가 됩니다. 그걸 가까이서 보고 싶었을 뿐입
니다."

"설마……."

"예, 정찬열입니다. 그 녀석에게서 재능을 봤습니다."

"고작 선수 하나 때문에 와이번스를 선택했다고?"

"하하! 설마 그렇겠습니까? 단지 계기를 만들어줬을 뿐입

니다. 형님도 아시잖습니까? 와이번스가 어떤 제안을 해왔는지."

이동건의 말에 최호성이 고개를 끄덕였다.

와이번스는 이동건을 신임 사령탑에 앉히기 위해 파격적인 제안을 해왔다.

세간에는 연봉이 1억 5천으로 알려져 있지만 실질적인 연봉은 2억 5천이었다. 당대 명장으로 불리는 이들과 비슷하거나 그들을 뛰어넘는 연봉이었다.

또한 선수 기용, 트레이드 등 거의 모든 전권을 부여했다.

그만큼 와이번스는 이동건이란 남자에 대한 기대가 컸다. 그리고 우승에 대한 욕구도 하늘을 찌르고 있었다.

'문제는 대가가 달콤한 대신 그만한 성과를 올리지 못하면 돌아오는 화살도 크다.'

모든 사람이 알고 있는 사실이었다.

실제로 이동건을 별로 좋아하지 않는 야구인들은 1년 감독이라며 비아냥거리기도 했다.

하지만,

'이 녀석의 리더십은 경험해 보지 못한 사람은 몰라. 많은 구단이 이 녀석을 원하는 이유는 분명 있다.'

그래서였다.

자신이 이동건의 요청을 받았을 때 선 듯 승낙한 이유가 말이다.

'정찬열이라……'

한편 이동건의 머릿속에는 아시아선수권 대회에서 보여준 정찬열의 움직임이 떠오르고 있었다.

'흥미로운 녀석이야.'

이동건 감독은 부임 이후 와이번스는 발 빠르게 움직였다.

가장 먼저 한 일은 감독의 의사에 따라 코칭스태프를 구성했다.

수석 코치로 최호성을 임명하고 그 외의 자리에도 이동건의 측근들로 채워졌다.

그리고 열흘이 되던 날,

문학구장에 1군 포함 40명에 달하는 선수가 집결했다.

'1군 로스터가 26명, 2006신인 드래프트에서 뽑힌 선수가 나 포함 4명, 그럼 나머지는 2군 선수들로 봐야겠군.'

2군 선수들의 얼굴은 몰랐지만 1군의 얼굴은 모두 외우고 있었다. 그리고 드래프트 선수들은 한 번 봤기 때문에 기억했다.

'마무리 훈련에 참가할 멤버는 아닐 거다.'

대부분의 팀에서 마무리 훈련에 베테랑 선수들과 주전급 선수들은 제외한다. 예외가 있기는 했지만 그들을 제외한 이유는 스스로 잘하기 때문이다.

하지만 여기에는 1군 멤버 전원이 있었다. 즉, 마무리 훈련을 위한 선수들이 아니란 소리였다.

이유를 몰라 의아해하고 있는 사이 이동건이 입을 열었다.

"모두 만나서 반갑습니다. 전 내년부터 여러분과 함께 야구를 하게 될 이동건입니다. 자세한 건 차차 알아 가도록 하지요. 잘 부탁드립니다."

사람 좋은 미소를 짓는 이동건을 보며 선수들이 박수로 화답했다.

뒤이어 코치들이 자기소개를 했다.

그들의 인사도 모두 끝나자 이동건이 본론을 꺼냈다.

"1군 선수들은 이미 통보를 받았겠지만 올해 우리 팀의 마무리 훈련은 없습니다."

선수들이 수군거리기 시작했다.

하지만 그건 2군 선수들에 한정이 되어 있었다. 정말 1군은 미리 통보를 받은 듯 아무런 반응도 보이지 않았다.

"뭐, 혼란스러울 수도 있지만 야구 선수도 사람입니다. 그러니 쉴 때는 푹 쉬어야겠죠. 그게 제 생각입니다."

찬열은 고개를 끄덕였다.

메이저리그는 물론이거니와 마이너리그 역시 마무리 훈련은 없었다. 문화적 차이일 수도 있지만 마이너리그에서 프로 생활을 보냈던 찬열에게 마무리 훈련은 다소 생소했다.

"오늘 이렇게 모이라고 한 이유는 내년의 계획을 말씀드리기 위함입니다."

선수들의 시선이 일제히 그를 향했다.

이번에는 1군 선수들 역시 긴장 어린 표정이었다.

감독의 성향에 따라 팀의 앞날이 바뀐다.

주전으로 잘 뛰던 선수도 감독이 바뀌면서 뒷전으로 밀리는 경우도 허다했다.

무엇보다 와이번스는 최근 리빌딩을 해야 한다는 주장이 많았다.

현재 와이번스의 주전 선수들의 평균 연령대는 34살이었다. 프로 야구 선수의 전성기가 20대 후반에서 30대 초반인 걸 감안했을 때 너무 많았다.

진즉 새로운 얼굴이 등장해 세대교체가 자연스레 이루어졌어야 했다. 하지만 백용태의 안전 지향적인 베테랑 기용에 의해 그 시기가 늦춰졌다.

1군 경험을 쌓지 못한 유망주들은 2군에서 귀중한 시간을 보내고 있었다. 당연히 1군 경기에 나서지 못한 유망주들의 성장은 더뎠다.

세대교체가 더욱 늦어진 계기였다.

언론에서 이번 감독 교체로 인해 와이번스에 리빌딩이 시작될 것이라는 이야기를 하는 이유였다.

하지만,

"1월쯤 스프링캠프를 떠날 계획입니다. 별다른 부상이나 이유가 없는 이상 여기 멤버들이 그대로 갈 예정이니 몸 관리를 잘해주시길 바랍니다."

"끝입니까?"

이동건이 더 이상 말이 없자 베테랑 중 한 명이 대표로 물었다.

"예, 끝입니다. 뭘 기대하셨습니까?"

"앞으로에 대한 비전이나 뭐 그런 건……?"

"물론 우승입니다. 프로가 노릴 게 그거 말고 뭐가 있겠습니까?"

힘주어 말하는 감독의 말에 질문을 했던 선수가 무안한 듯 헛기침을 했다.

"자, 그럼 이만 해산하도록 하죠."

그 말을 끝으로 이동건은 코치들과 함께 건물 안으로 돌아갔다.

그라운드에 남은 선수들은 어리둥절한 표정으로 서 있다가 이내 하나둘 무리 지어 그라운드를 떠났다.

'부드러운 성격인 줄 알았는데, 한 성격하네.'

베테랑 선수의 입을 다물게 한 이동건의 모습을 떠올리며 찬열은 고개를 저었다.

'인터넷에서 찾아본 대로 이동건의 마인드는 국내파라기보다는 메이저리그에 가깝다.'

오늘 모이기 전에 찬열은 이동건에 대한 정보를 찾기 위해 인터넷에 검색을 했었다.

덕분에 그가 메이저리그 LA다저스, 샌프란시스코 자이언츠에서 지도자 연수를 받았다는 걸 알 수 있었다.

'그렇다면 그가 마무리 훈련을 제외하고 별다른 지시를 하지 않았다는 건 선수 개개인의 능력과 노력을 보겠다는 건가?'

그게 아니라면 아예 메이저리그식으로 팀을 구성하겠다는 생각일 수도 있다.

'그러기에는 시기상 너무 이르지 않나? 뭐, 나랑은 상관없지. 어쨌든 감독의 스타일이 나와 비슷해서 다행이야.'

아직까지는 마이너리그 식이 익숙한 찬열이었다.

차라리 잘됐다 생각하며 새로운 감독과의 첫 만남을 마무리했다.

* * *

2005년 한국 시리즈 우승은 대구 라이온즈가 가져갔다.

프로 야구의 모든 일정이 끝나자 시상식이 연달아 이어졌다. 시상식이 없는 메이저리그와 달리 한국에서는 여러 종

류의 상을 부여하면서 선수들이 모두 모이는 자리를 만들었다.

찬열은 거실에 누워 윗몸일으키기의 변형 운동을 하며 TV로 시상식을 지켜봤다.

"후우-! 후우-!"

[골든 글러브 포수 부문 수상자는······.]

화면이 바뀌면서 카메라는 후보자로 선정된 선수들을 비춰 주었다.

하나같이 30대가 넘어가는 선수들이다.

그들 중에는 자신이 넘어야 될 산인 박현우도 있었다.

'올 시즌 98경기 출장 타율 2할 8푼 5리 홈런 18개 도루 3개 도루저지율 4할.'

포수만 놓고 봤을 때 타율을 제외한 전 부문에서 상위권 성적을 냈다.

'노장 중의 노장이지만 여전한 실력이다.'

특히 도루저지율만 놓고 봤을 때 포수 부문 1위를 달리고 있었다.

'산이 높을수록 정상에 올랐을 때의 쾌감은 크다.'

1차 목표인 주전 확보를 위해서는 박현우를 넘어서야

했다. 그를 지켜보며 찬열은 전의를 불태웠다.

[대구 라이온즈의 강기태 선수입니다!]

다른 포수들보다 다소 젊은 선수가 골든 글러브의 주인공
이 됐다.

올 시즌 잠재력이 폭발했다는 평가를 받는 강기태였다.

도루저지율은 다소 떨어지지만 27개의 홈런 타율 3할 1푼
을 치며 타격에서 완벽히 다른 경쟁자를 눌렀다.

'나도 반드시……'

아직은 멀리 떨어져 있는 골든 글러브를 위해 찬열은 훈련
에 박차를 가했다.

12월, 추운 겨울이 되었지만 찬열은 단 하루도 빼먹지 않
고 매일같이 체육관을 나갔다.

크로스핏을 시작한 지 2개월쯤 되어가자 찬열의 운동 강
도는 더욱 높아졌다. 반대급부로 그의 몸은 점점 단단해져
갔다.

"후욱-! 후욱-!"

20kg에 달하는 케틀 벨을 연신 휘두르는 그의 얼굴이 땀으
로 젖어 갔다.

"오케이! 거기까지!"

한영호의 외침과 동시에 찬열이 케틀 벨을 내려놨다.

"헉, 헉."

턱까지 차오른 숨을 토해내는 찬열을 보던 한영호가 그의 몸을 여기저기 만지기 시작했다.

"찬열아, 너 마지막으로 인바디 한 게 언제였지?"

"한 달…… 전이었죠."

"흠, 내일 인바디 좀 해보자. 근육이 많이 올라왔네. 밥도 잘 먹고 있지?"

"예, 매일 5끼씩 먹고 있어요."

"히야~ 너 같은 놈은 처음 본다. 운동선수를 훈련시키는 건 처음이 아니지만 이렇게까지 철저하게 지키는 애들은 극소수에 불과했는데."

찬열은 대답 대신 미소를 지었다.

"어쨌든 내일 인바디 할 거니까 그렇게 알고 있어."

"예."

"좋아, 오늘은 여기까지 하자."

고개를 끄덕인 찬열은 한쪽에 놓아둔 스포츠 드링크를 마시면서 소파에 앉았다.

음료를 들이켜며 그는 한영호가 했던 말을 떠올렸다.

'철저하게라…….'

사실 찬열은 훈련이 즐거웠다.

몸을 키우기 위해 식사량을 늘린 것 역시 행복했다.

그렇다고 그가 괴로운 걸 즐기는 사람이란 걸 의미하는 건 아니었다.

'마이너리그에서의 처절한 생활이 지금의 날 만들어가고 있어.'

메이저리그의 화려한 면은 많이 알려진 반면 마이너리그의 어두운 면은 다소 생소한 부분이었다.

그래도 빅 리그의 하위 리그이니 한국보다는 좋지 않냐? 라고 말하는 이들도 있겠지만 그건 잘못된 생각이다.

마이너리그에서 버티는 건 정말 웬만한 근성이 없으면 불가능하다.

특히 개인 훈련을 이렇게 일대일로 받을 수 있다는 건 마이너리그 시절에는 상상도 할 수 없는 일이었다.

미국에서 개인 레슨 비용은 한국에 비해 무척 비싼 편이다. 코치들이 다양하게 있어 알려주기는 하지만 개인 레슨에 비교하면 턱없이 부족한 정도다. 정말 가끔 레슨을 받을 때도 있었지만 말 그대로 1년에 한두 번이 한계였다.

먹는 것 역시 마찬가지다. 부모님이 오신 뒤에는 그럭저럭 한식을 먹긴 했지만 그전엔 하루에 한 끼 정도가 최선이었다.

그 외에는 구단에서 지불하는 밀 머니(식대)로 햄버거 같은 정크푸드를 사 먹어야 했다. 아니면 구단이 마련해 놓은 식빵에 잼을 발라서 먹거나 말이다.

지금처럼 체계적인 식단에 영양가가 풍부한 음식을 먹는 건 꿈도 꿀 수 없었다.

그런 경험을 했던 찬열의 입장에서 지금의 훈련, 식단은 괴로움이 아닌 즐거움이었다.

* * *

다음 날, 찬열의 인바디는 매우 훌륭한 상태로 나왔다.

"몸무게가 5㎏이 늘었는데 대부분이 근육으로 늘었다. 체지방도 줄어들고 근육량도 전체적으로 증가하고 있어."

"다행이네요."

"그리고 키도 늘었다. 1㎝ 정도. 이제 186이네."

"진짜요?"

한영호가 대답 대신 분석표를 내밀며 키 부분을 손가락으로 가리켰다.

"오⋯⋯."

정말 늘었다.

미국에 갔을 때는 여기서 키가 늘지 않았었다.

그렇기 때문에 예상하지 못했다.

'먹는 게 좋아서 그런가?'

"키가 늘어난 건 여러 가지 이유가 있을 수 있다. 운동을 할 때 자세가 좋지 않아서 척추가 휘어져 있던 게 바로 잡혀서 그럴 수도 있어."

전문 운동선수라 하더라도 자세가 잘못되는 경우가 간혹 있다.

게다가 찬열은 프로가 아닌 아마추어였다.

척추가 휘어 있었다고 해서 그리 이상할 건 아니다.

"운동을 할 때 자세 교정을 받으면 이렇게 휘어져 있던 척추가 똑바로 펴지면서 키가 커지는 케이스도 많다."

한영호가 손으로 척추의 모양을 흉내 내면서 설명을 해주자 찬열은 고개를 끄덕였다.

"그렇군요."

"응, 그런데 어때? 크로스핏은 이제 좀 익숙해지지 않았어?"

"처음보다는 괜찮아지긴 했는데 익숙해질 게 있나요."

"에이~ 그래도 처음에는 기어 나가다가 이제는 걸어 나가던데. 그 정도면 충분히 익숙해진 거야."

"그런가요?"

"그럼! 운동선수들이 원래 체력이 좋다지만 넌 정말 대단해. 내가 가르친 회원들 중에서 너처럼 체력이 좋은 애는 처음이라니까?"

"하하! 갑자기 웬 칭찬이래요?"

찬열이 어색해하면서 묻자 한영호는 뜨끔한 표정을 지었다.

"칭찬은 무슨 사실을 이야기한 거지. 그런데 너도 알지? 운동이 슬슬 익숙해지면 효과가 떨어지는 거."

"네, 알고 있죠."

"그래서 말인데 너 상담받을 때 필라테스도 같이 해보고 싶다고 했다면서?"

"네, 그런데 조금 힘들 거 같아서 한 3~4개월 뒤에나……."

"내가 봤을 때는 지금 해도 될 거 같다."

"무리지 않을까요?"

한영호는 고개를 저었다.

"아니야, 내가 봤을 때는 지금이 딱 적기야. 너 1월부터는 스프링캠프 가잖아? 그거 끝나면 곧장 시즌 시작할 텐데. 언제 배우고 있을래?"

"음……."

"지금 배우는 게 최고야."

한영호의 설명에 찬열도 납득을 했다.

시즌에 들어가면 팀 내부에서의 훈련 스케줄을 진행하게 된다. 그렇게 되면 이렇게 개인 레슨을 받는 것 역시 당분간

멈춰야 한다.

팀 훈련이 어떤 게 있을지 모르지만 크로스핏이나 필라테스 같은 최신식 훈련을 받을 수 있을지는 미지수였다.

그렇기 때문에 최대한 많이 배워두는 게 좋은 방법일 거라 생각했다.

"그럼 오늘부터 할까요?"

"그럴래? 그럼 여기에 사인하고, 시간은 어떻게 할래? 오전에는 크로스핏을 하니까 저녁에 필라테스를 하는 게 좋을 거 같은데."

"예, 그렇게 할게요."

"그래, 그러면 오늘 저녁부터 하는 걸로 하자."

그리고 저녁이 되었을 때,

찬열은 자신의 결정을 뼈저리게 후회했다.

"끄아아악!"

"오! 몸이 유연하네요. 조금 더 늘려 볼까요?"

"자, 잠깐, 은지 씨? 아니, 선생님! 선생님!"

"에이~ 아직 한계가 아닌 거 같은데 왜 그래요? 자, 조금만 더……."

기구 위에 서서 다리를 찢는 밸런스 레그 스트레치 동작을 하던 찬열의 얼굴이 사색이 되었다.

하지만 은지는 무정하게 그의 다리를 조금 더 벌렸다.

"끄으윽……!"

"이 운동은 좌우 밸런스를 잡아주는 운동이에요. 야구 선수들도 밸런스가 매우 중요하죠?"

"그, 그렇죠……."

"자, 조금만 더 힘내요!"

생긋 웃는 은지의 모습에 찬열이 어색한 미소로 화답하고는 운동에 열중했다.

'제길, 보기에는 무척 쉬워 보였는데…….'

자신의 판단이 얼마나 어리석었는지 후회하면서 말이다.

5장

첫 번째 스프링캠프

"아이고~ 우리 아들 인물이 훤하네!"

어머니의 말씀에 찬열의 입꼬리가 올라간 채 거울 속의 자신을 바라봤다.

그동안 운동을 열심히 해서인지 어깨가 떡 벌어진 게 핏을 살려주고 있었다. 맞춤으로 마련한 정장 역시 꽤나 잘 어울리는 게 돈을 잘 썼다는 생각이 들었다.

"그럼 오늘 바로 미국으로 가는 거야?"

"네, 일단 구단으로 갔다가 거기서 선수단에 합류해서 공항으로 넘어간다고 하더라고요."

오늘은 와이번스가 스프링캠프를 떠나는 날이다.

찬열은 보름 전, 구단 직원에게서 이번 스프링캠프에 최종 포함되었다는 이야기를 들었다.

한국 구단의 스프링캠프를 처음 경험하는 찬열의 입장에서는 긴장되면서도 설렜다.

"우리 아들 가는 모습도 못 보고 아쉽네……."

"에이, 한 달 정도 있다가 돌아오는데요, 뭐. 올 때 엄마 선물 사 올 테니까 기대하고 있으세요."

"정말?"

선물이란 말에 눈을 빛내는 어머니가 귀엽게 느껴졌다.

"쓸데없는 선물 같은 거 사 오지 말고 돈 아껴 가면서 써라."

아버지의 걱정 어린 질타에 어머니가 입술을 삐쭉 내미셨지만 찬열은 미소를 지으며 몰래 윙크로 사인을 줬다.

"우리 아들 예뻐 죽겠어~"

"준비 끝났으면 가자. 태워다 줄 테니."

"네."

지하 주차장으로 이동해 차에 오른 세 사람은 곧 문학구장으로 향했다. 이른 아침이기에 차가 좀 밀리기는 했지만 늦을 것 같지는 않았다.

"스프링캠프에 가면 선배들의 훈련을 잘 지켜봐라. 첫 훈련이라고 너무 어리바리 있지 말고."

"알았어요."

"새로운 감독님이 오셨으니 잘 보여야 한다. 내년에 1군 무대라도 밟아 보려면 말이다. 스프링캠프가 시작점이란 걸 잊어서는 안 돼."

"네."

"아이고, 어련히 알아서 잘할까요? 먼 곳에 보내는데 잔소리 좀 그만해요."

"크흠!"

어머니의 타박에 헛기침을 했지만 아버지의 충고는 구장에 도착할 때까지 끝나지 않았다.

"그럼 가 볼게요."

"정말 같이 안 들어가도 되겠니?"

프로 야구 선수가 된 아들이지만 아직까지도 어머니의 눈에는 어린아이로 보였다. 만약 예전이었다면 그런 어머니가 이해가 되지 않았겠지만 지금은 어렴풋이나마 이해가 됐다.

"괜찮아요. 직장에 부모님을 모시고 오는 신입 사원은 없잖아요. 여기까지 태워다 주신 것만 해도 감사해요."

"그래, 몸 조심히 잘 다녀오너라. 도착하면 전화하고."

"예, 그럼 조심히 들어가세요!"

"이거 받아라. 미국에 가는 건 처음인데 먹고 싶은 거 있으면 사 먹어."

"에이, 어머니 저도 돈 있는 거……."

"받아 둬라."

아버지의 말씀에 찬열이 돌려주려던 봉투를 주머니에 넣었다.

"감사합니다. 잘 쓸게요!"

"그래."

"그럼 진짜 가보겠습니다!"

짧은 작별 인사와 함께 멀어져 가는 아들을 바라보며 어머니의 눈시울이 붉어졌다.

아버지 역시 그리운 눈으로 찬열이 사라질 때까지 자리를 지켰다.

구장에 들어서자 직원이 짐을 미리 받았다.

짐을 넘기고 그라운드에 나가자 정장을 차려 입은 선수들이 모여 있었다.

"찬열아!"

어디에 가서 설까 고민하던 찬열에게 앳된 모습의 청년이 달려왔다.

'그러니까 이름이……'

"이야, 너 왜 이렇게 몸이 좋아졌어?"

친한 척을 하는 녀석의 이름을 떠올리려 고심하던 찬열이 박수를 치며 소리쳤다.

"김태현!"

"……헐, 설마 내 이름도 잊고 있었냐?"

"야야, 미안하다. 너도 몸이 좋아져서 잠깐 못 알아봤다."

"하하! 그래?"

금세 좋아하는 김태현을 보며 찬열이 씩 웃었다.

김태현은 2라운드 1차 지명을 받은 우완 투수로 고교 시절 자신과도 몇 번 맞상대를 했었다.

백용태 감독에게 인사를 하러 왔을 때도 아는 척을 했었는데 깜박 잊고 있었다.

그 뒤로 2명의 선수가 더 다가왔다.

"이번 드래프트에서 뽑힌 선수는 우리가 전부인가 보다."

"정말 대면식에서 말했던 멤버 그대로 가네."

각각 2라운드 2차와 4차에 뽑혔던 이경훈, 차태식이었다.

이경훈은 외야수 거포형 타자였고 차태식은 고교 시절 내야 전체 수비를 보던 발이 빠른 선수였다.

그리고 정찬열까지.

신인 지명 회의에서 와이번스가 선택한 선수는 정찬열을 포함해 총 11명이었다. 그중에서 4명만 스프링캠프에 합류가 된 것이다.

"내가 뽑힌 걸로 봐서는 뽑은 순서는 아닌 거 같은데, 어떻게 선발한 거지?"

"그걸 우리가 어떻게 아냐?"

차태식의 말에 김태현이 구박을 했다.

'내가 모르는 사이에 서열이 정해졌나 보네.'

프로는 연봉에 따라 팀 내에서의 발언권이 달라진다.

그건 신인이라고 해서 다를 건 없다.

단지 연봉이 아닌 계약금이라는 게 다르지만 말이다.

'뭐, 그런 건 상관없고. 이동건 감독님 대단한데? 부임한 지 얼마 되지도 않았는데 팀에서 가장 약한 포지션을 골라내다니 말이야.'

이경훈은 거포라는 이미지가 강하지만 어깨도 강하다.

3학년 때는 타자에만 전념했지만 2학년까지만 하더라도 투수를 병행했었다. 정확도만 높다면 충분히 프로에서도 통할 어깨다.

차태식은 내야 전 포지션을 소화할 수 있는 유틸리티 플레이어다. 특히 유격수에서 넓은 수비 범위를 자랑하는 선수기도 했다.

'뭐, 김태현이야 투수가 부족한 와이번스에는 꼭 필요한 녀석이고.'

2라운드 1차에 뽑힌 만큼 김태현의 가능성은 무궁무진했다.

"어이! 신삥들! 감독님 오신다. 빨리 와서 줄서!"

"예!"

선배의 외침에 네 사람은 무리를 이뤄 맨 끝에 가서 줄을 섰다.

직후 코치들과 함께 이동건이 나타났다.

"다들 잘 쉬었나?"

"예!"

힘차게 대답하는 선수들을 보며 이동건이 미소를 지었다.

그러다 맨 끝에 있는 찬열을 발견했다.

'오호, 저번에 봤을 때하고는 체격이 완전 달라졌는데?'

옷 밖으로도 느껴지는 찬열의 단단한 근육과 날선 눈빛이 이동건의 마음에 들었다.

'역시 재밌는 녀석이야.'

만족스런 표정을 지은 그는 이내 미소를 지웠다.

"이제 휴식은 없다. 올 시즌 페넌트레이스를 위해 전력 질주를 한다. 알겠나?"

"예! 알겠습니다!"

"좋아, 그럼 출발하도록 하지."

선수단은 버스를 타고 인천공항으로 향했다.

"후아ー! 떨린다 떨려."

"미국에서 훈련이라니. 이제 정말 프로가 된 기분이야. 너희는 미국 가 봤어?"

김태현의 말에 맞장구를 치던 차태식이 물었다.

순간 미국에서의 경험이 떠올랐다.

처음 1년은 정말 즐거웠지만 그 뒤에는 정말 악으로 깡으로 버텼다. 그런 미국에 프로의 신분으로 가니 감회가 새로웠다.

"당연히 안 가 봤지. 그런데 너희 영어 좀 하냐? 나는 야구 한다고 공부는 전혀 안 했는데."

"야, 나는 중학교 때부터 아예 담을 쌓고 살았다."

김태현과 차태식이 울상을 지으며 말했다.

훈련이라고는 해도 첫 해외여행이다. 긴장되는 게 당연했다. 반면 찬열은 여유로웠다. 미국은 아예 살았던 곳이니까. 그걸 이상하게 본 이경훈이 물었다.

"넌 긴장이 안 되나 보네?"

"공짜로 해외에 가는데 무슨 긴장이냐."

"영어 안 무서워?"

"무섭기는, 못한다고 잡아먹기야 하겠냐?"

피식 웃으며 대답하는 찬열을 보며 세 사람이 감탄을 터뜨렸다.

그렇게 이야기를 나누는 사이 버스는 공항에 도착했다.

"우와! 기자들 봐라!"

"야야! 저기 이글스 선수들도 있다!"

"저기는 베어스도 있는데?!"

이른 아침이지만 공항은 매우 붐비고 있었다.

오늘 출국하는 팀은 와이번스만이 아니었다. 이글스와 베어스, 그리고 전년도 한국 시리즈 우승팀.

"라이온즈."

가장 많은 기자를 이끌고 있는 라이온즈 선수들이 당당한 자세로 서 있었다.

반면 와이번스에는 몇몇 기자만이 다가와 사진을 찍었다.

우승팀과 4강에도 들지 못한 팀의 차이였다.

'저 자리를 노려야 한다.'

덕분에 찬열의 승부욕이 활활 타올랐다.

간단한 출정식과 함께 선수단은 비행기를 타고 미국으로 향했다. 11시간 동안 이코노미에 앉아 있는 건 꽤나 고욕이었다.

그래도 이야기를 나누다 보니 어느덧 하와이에 도착했다.

출입국 관리소에서 신인 3인방은 조금 어리바리했지만 그래도 별문제 없이 통과할 수 있었다.

"우와아! 여기가 하와이!"

"쩌, 쩐다!"

"오오오오……."

신인 삼인방은 공항에 도착하고서부터 감탄을 쉬지 않고 터뜨렸다.

"낄낄, 촌놈들. 아주 좋아 죽을라고 하네."

작년 처음으로 정규 타석을 채운 좌익수 이호영이 세 사람을 바라보며 한심하다는 듯 말했다.

딱-!

"악!"

"얌마, 너도 작년에는 저놈들이랑 똑같았잖아."

"그렇다고 머리를 때립니까?"

자신의 머리를 때린 3루수 박광수를 보며 이호영이 울먹이는 목소리로 말했다.

"어쭈? 많이 컸다? 선배한테 대들 줄도 알고."

"자, 거기까지 하고 어서 나가자. 버스 기다린다."

주장이자 작년 지명 타자로 주로 출장해 25홈런을 때린 와이번스의 프렌차이즈 스타인 차진혁이 두 사람을 말리며 말했다.

버스에 오른 선수단은 곧장 숙소로 향했다.

출발 전 방 배정이 이미 끝났기에 선수들은 각각의 방으로 흩어졌다.

"찬열아! 그럼 이따 보자."

"그래, 쉬어라."

찬열도 동기들과 헤어지고 자신의 방으로 향했다.

다소 긴장한 표정으로 문 앞에 도착한 그는 땀이 흐르는 손으로 손잡이를 돌렸다.

안에는 이미 다른 사람이 짐을 풀고 있었다.

키는 자신보다 작았지만 등만큼은 그 어떤 사내보다 넓은 남자를 본 찬열의 심장이 요동쳤다.

인기척을 느낀 남자가 몸을 돌렸다.

"왔으면 들어오지 거기서 뭐 해?"

"예."

웃으며 먼저 분위기를 환기시켜 주는 남자는 와이번스의 안방마님 박현우였다.

고등학교 졸업 이후 곧장 전주 레이더스에 입단, 이후 수원 유니콘스를 거쳐 인천 와이번스에 온 명실상부 대한민국 최고의 포수가 바로 그였다.

마이너리그 생활을 경험한 찬열이라고는 하지만 긴장이 될 수밖에 없었다.

"너무 긴장한 거 아니냐? 안 잡아먹으니까 긴장 좀 풀어."

"예, 예!"

찬열은 최대한 자연스럽게 짐을 풀었다.

"아시아선수권 대회 영상 봤다. 미트질 좋더라?"

"헤헤, 감사합니다."

"투수는 대부분 네가 리드한 거냐?"

"네, 아시다시피 아마추어 대회에서는 전력 분석 같은 게 철저하지 않으니까요."

"좀 막무가내이긴 하지."

박현우가 수건을 들고 자리에서 일어났다.

"나 먼저 씻어도 되지?"

"물론이죠."

"그래."

화장실에 들어가는 박현우를 바라보는 찬열의 입가에 미소가 그려졌다.

'좋은 사람인 거 같아.'

* * *

전지훈련 첫 일주일은 체력 단련 위주로 훈련이 진행됐다.

첫 경험인 신인 삼인방은 힘들어했지만 비시즌 기간에 많은 준비를 해온 찬열의 입장에서는 버틸 만했다.

그런 찬열에게 동기들은 괴물 같은 놈이라며 혀를 내둘렀다.

오후 훈련이 끝나자 이동건은 선수단을 집결시켰다.

"내일부터는 포지션별로 훈련에 들어갑니다. 각 선수는 코치들의 지도를 잘 따라주길 바랍니다. 이만 해산하시고 박현우 씨는 씻고 제 사무실로 와주세요."

"예!"

선수단이 해산하고 박현우는 이동건의 사무실을 찾았다.

사실 사무실이라고는 해도 이동건이 잠을 자곤 하는 숙소였다.

똑똑-!

"들어와요."

방 안에 들어서자 의자에 앉아 있던 이동건이 일어나며 그를 맞이했다.

"어서 와라."

"와~ 둘이 있으니까 바로 반말이야?"

"선수단 앞에서 존댓말 하는 것도 힘들다. 그런 걸로 시비 걸지 마라."

이동건과 박현우, 나이는 이동건이 5살 많았지만 두 사람은 무척 친한 선후배이자 동료 사이였다.

전주 레이더스 시절 혈기 왕성하던 박현우에게 포수의 기본을 가르쳐 준 것이 당시 안방마님이었던 이동건이었다.

그때의 인연이 지금까지 이어오고 있었다.

박현우는 맞은편에 앉으며 테이블 위에 놓인 서류를 들춰 보았다.

"선수들 개별 자료네? 이걸 다 본 거야?"

"그렇지 뭐."

"여전히 분석력 하나는 최고네. 오늘 날 부른 것도 이것 때문이야?"

"이미 거의 끝나가기 때문에 네 도움은 필요 없다. 그것 보다 정찬열 어떻게 보냐?"

"정찬열?"

의외의 이름이 나오자 박현우는 고심했다.

룸메이트가 되면서 정찬열을 가까이에서 지켜볼 기회가 있었기 때문에 대답은 쉽게 나왔다.

"애가 싹싹하던데? 어린애답지 않게 눈치도 빠르고 무엇보다 훈련을 열심히 해."

"선수단 내부에서는?"

"흠~ 뭐, 평가가 좋은 편은 아니지."

"역시 1지명 후 언론들과의 인터뷰 내용 때문인가?"

회귀 전, 찬열은 1지명을 받았지만 메이저리그에 진출할 것이란 말을 공공연하게 해왔다. 덕분에 프로들 사이에서 그를 좋아하는 사람은 많지 않았다.

"그래도 조금만 지나면 괜찮아질 거라 생각해. 워낙에 애가 착하거든."

"넌 좋게 봤나 보군."

"젊었을 적에야 혈기 왕성해서 무슨 이야기를 못하겠어? 고작 한두 번의 실수로 편견을 두면 안 되지."

박현우의 말에 이동건이 고개를 끄덕였다.

"분명히 그렇지. 그럼 네가 그 녀석 좀 키워 봐라."

"키우라니? 뭐, 선수들한테 일일이 데려가서 소개시켜 주고 사이좋게 만들어주라는 거야? 여기가 무슨 학교도 아니고 자기네들이 알아서 해야지."

"그런 뜻이 아니다. 말 그대로 훈련 좀 시키라는 거야."

"기홍이 형 계시잖아?"

김기홍은 와이번스의 배터리 코치다.

"그 형은 민혁이랑 태길이를 중점적으로 훈련시킬 거다."

"그럼 거기에 같이 끼어 넣어서 훈련시키면 되지."

내키지 않아 하는 박현우를 보며 이동건이 진지한 목소리로 말했다.

"난 그 녀석을 네 후계자로 키워 달라는 거다."

"후계자?"

"그래, 내가 너한테 알려줬듯 노하우 하나하나를 모두 녀석에게 알려줘. 어째선지 모르겠지만 그 녀석의 인사이드 워크 자체는 수준이 높다."

인사이드 워크란 간단히 말해 생각하는 야구를 할 수 있는 자질을 이야기한다. 야구란 스포츠는 플레이하는 도중에도 여러 상황에 맞춰 플레이를 해야 한다.

특히 포수에게는 이런 자질이 반드시 필요하다.

좋은 포수를 구별할 때 인사이드 워크가 뛰어난지 아닌지로 구별하는 야구인이 있을 정도였다.

"그 나이대의 수준이 아니다."

"너무 높게 평가하는 거 아니야?"

"이걸 봐라."

이동건이 침대 위에 던져뒀던 노트북을 테이블 위에 올려 동영상을 재생했다.

"청룡기에서 보여준 정찬열의 수비 장면이다."

화면 속 찬열의 플레이에는 분명 거친 모습이 많이 보였다.

1지명이 되기에는 부족한 실력이 연달아 나왔다.

"그리고 이건 아시아선수권 대회의 모습이다."

다른 동영상이 재생이 되자 박현우의 눈동자가 커졌다.

거칠고 엉성했던 플레이는 온데간데없고 숙련된 플레이가 연달아 나왔다.

특히 프레이밍 하나는 정말 대단한 수준이었다.

"고작 3개월 만에 변한 모습이다. 웬만한 재능과 노력이 아니라면 이 정도까지 변할 순 없어."

이동건의 말에 박현우도 고개를 끄덕였다.

10년이나 마이너리그를 뛰었고 과거로 돌아왔다는 걸 모르는 두 사람의 입장에서는 그저 찬열이 대단한 놈이라고밖에 보이지 않았다.

"너한테 개인 레슨을 받게 되면 이 녀석의 실력은 더욱 늘어날 거다."

"하지만 기홍이 형이 서운해하지 않겠어?"

"이미 허락을 구했다. 네가 한다고 하니까 선뜻 그러라고 하더라."

"하여간 그런 쪽으로는 행동이 빠르네."

"허락하는 거냐?"

"알았어. 나도 흥미가 가니까 해보지."

"고맙다!"

어깨를 치는 이동건을 보던 박현우가 미소를 지었다.

* * *

다음 날부터 포지션별 개별 훈련이 실시됐다.

찬열은 박현우와 함께 제3그라운드에서 블로킹 연습을 하고 있었다.

"폭투를 제대로 블로킹하지 못하면 투수에게 신뢰감을 주지 못해. 그렇기 때문에 어떤 경우라도 블로킹을 해내야 돼."

깡―!

경쾌한 소리와 함께 공이 날아왔다.

던진 것도 아니고 펑고 배트로 때린 공이 빠르게 날아와 홈 플레이트 바로 앞에서 원바운드 됐다.

퍽―!

"끅!"

옆으로 튀는 공을 향해 몸을 날린 찬열의 프로텍터에 정확히 공이 박히면서 앞으로 떨어졌다.

"나이스 블로킹! 몸을 숙이는 게 아주 좋았어. 그렇게 해야지만 공을 앞으로 떨어뜨릴 수 있다. 자, 다음!"

깡―!

쉴 타이밍도 없이 날아오는 공에 찬열의 몸이 빠르게 움직였다.

"자자! 몸은 더 숙이고! 언제든지 움직일 수 있게 긴장을 놓치지 마!"

깡―!

"블로킹을 할 때 어떤 경우라도 무릎을 앞으로 내밀지 마! 렉가드에 맞으면 공이 멀리 튀어 나간다!"

깡―!

"공이 원바운드가 될 거 같으면 무게중심을 낮추고 양다리를 오므려! 내외 야수만 알까기가 쪽팔린 게 아니야! 포수가 알까기를 하면 나가 뒈져야 돼!"

"흐엑, 흐엑……."

블로킹 100개,

아무리 체력이 좋은 찬열이라 하더라도 땡볕 아래에서 몸을 이리저리 움직이며 날아오는 공을 블로킹하는 건 쉬운 일이 아니었다.

만약 비시즌 기간에 따로 준비를 하지 않았다면 진즉에 쓰러졌을 것이다.

"뭐야? 벌써 퍼진 거……."

"선배님! 점심 식사하세요!"

그때 저 멀리서 김태현의 외침이 들려왔다.

팔팔한 김태현을 바라보던 박현우가 펑고 배트를 어깨에 올리며 말했다.

"흠, 벌써 점심인가? 꽤 오래 하긴 했네. 일단 점심 먹고 오후에 계속하자."

'이걸 계속한다고……?'

그는 식사 장소로 향하는 박현우의 뒷모습을 바라보며 일주일 전 했었던 생각을 고쳤다.

'좋은 사람은 개뿔! 악마다! 악마가 따로 없어!'

박현우의 훈련은 매우 하드했다.

매일 밤마다 숙소에 들어가면 씻고 바로 곯아떨어질 정도였다.

한 가지 다행인 건 다음 날이 되면 그럭저럭 회복이 된다는 것이다.

'이거 참 크로스핏 할 때도 그랬지만 젊은 게 좋긴 좋네.'

사실 회귀 전에도 찬열의 나이는 그리 많은 편이 아니었다. 하지만 그때와 비교해 보면 지금의 회복력은 경이롭다는 말이 딱 어울렸다.

오전 훈련 시간이 되자 정찬열은 제3그라운드로 향했다.

다른 선수들은 벌써 훈련에 들어갔지만 박현우만은 홀로 미트를 착용한 채 서 있었다.

'으…… 완전 사신이다, 사신.'

자신도 모르게 어제의 훈련이 떠오르자 뒤로 주춤 물러섰다. 그 순간 박현우가 고개를 돌려 눈이 마주쳤다.

"임마! 왔으면 빨리 오지 않고 뭐 해?!"

"갑니다! 가요!"

찬열은 재빨리 그라운드를 가로질러 그의 앞에 섰다.

"오늘은 송구 연습을 하자."

그는 한쪽에 설치된 그물망으로 가더니 5m가량 떨어진 곳에 쭈그려 앉았다.

"송구를 할 때 가장 중요한 게 뭐냐?"

"공을 빼는 거요?"

"10점."

"스텝인가요?"

"20점."

"포구?"

"50점."

"으어어어! 대체 뭔데요?"

"다 중요하지 임마!"

찬열이 어이없다는 표정을 지었다. 하지만 딱히 틀린 말도 아니었다.

"주자가 달리는 걸 포수가 감지하는 건 투수가 투구 동작에 들어간 직후다. 먼저 내야수들의 외침이 귀로 들리고 주자가 달리는 게 시야로 보이지."

"그렇죠."

"이때 조심해야 될 게 조급함이다. 마음이 급해지면 다음 동작이 빨라진다. 그러다 보면 포일이 나오는 경우도 있어."

포일이란 포수가 제대로 포구를 하지 못하고 공이 뒤로 빠지는 걸 이야기한다.

"송구의 첫 번째는 안정적인 포구다. 공을 잡은 뒤 다음 단계로 이동해야 돼."

박현우가 공을 미트에 넣고 팔을 위로 올리며 뒤로 빼는 동작을 했다.

"테이크백은 간결하게 해주는 게 좋다. 동시에 손은 미트에 넣고 공을 잡는다. 마지막으로 이 무릎, 무릎을 앞으로 밀면서 반동으로 몸을 일으켜야 돼."

부드럽게 몸을 일으킨 그는 팔을 간결하게 스윙하며 공을 그물망을 향해 던졌다.

"송구는 빠르게, 하체를 이용해서 던져야 된다."

시범을 보인 박현우는 박스에서 공을 꺼내 찬열에게 던졌다.

"해봐."

공을 받아 든 찬열은 자신만만했다.

마이너리그에 있던 시절 송구가 그리 뛰어난 편은 아니었다. 팔꿈치와 어깨에 부상이 있었기 때문에 전력으로 공을 던질 수 없었기 때문이다.

하지만 지금은 아니다.

'부상이 없는 지금은 문제없지.'

고교 시절 그가 주목을 받았던 건 강한 어깨다.

드래프트 1지명을 잡아낸 바로 그 어깨.

"차앗!"

촤악-!

그물망을 때리는 강한 공이었다. 높이도 적당했고 스피드는 박현우보다 더 빨랐다.

그러나…….

퍽-!

"악!"

박현우의 미트가 찬열의 머리를 때렸다.

"너 그렇게 던지다가는 주자도 못 잡고 어깨랑 팔꿈치 나간다."

"예?"

"너 지금 상체를 전혀 쓰지 못하고 있다. 다시 던져봐."

말뜻을 이해하지 못했지만 박현우의 말대로 찬열은 다시 한 번 송구 동작을 잡았다. 테이크백에서 공을 던지려는 찰나 박현우가 제지했다.

"자, 스톱. 여기서……."

덥썩-!

박현우가 다가와 찬열의 어깨와 상체를 잡았다.

'이거 뭐야? 이제 갓 고등학교를 졸업한 애의 근육이……?'

주물주물-!

"뭐, 뭐예요?!"

박현우의 손이 마치 여자의 몸을 더듬듯 찬열의 상체와 다리까지 주물렀다.

'분명 갑옷처럼 단단한데 근육이 부드럽다.'

흔히들 근육하면 단단한 이미지를 떠올리기 십상이다. 하지만 구기 종목의 선수들에게 그런 근육은 부상으로 직결이 될 수 있었다.

'야구란 운동은 순간적인 움직임이 중요하다. 하지만 단단한 근육은 재빠른 움직임에 찢어질 수도 있다. 그럼 곧장 부상이고.'

그래서 부드러운 근육을 키우기 위해 매우 노력한다.

야구 선수들이 요가를 배우거나 하는 이유였다.

"선배님……."

"응?"

고개를 들자 찬열이 미심쩍은 눈으로 자신을 내려다보고 있었다.

"저 그쪽 취향 아닙니다……."

빠-!

"나도 아니거든?!"

머리를 맞고 울상을 짓는 찬열을 보며 박현우가 물었다.

"너 다른 운동 하고 있는 거 있냐?"

"음, 비시즌 기간에 크로스핏이랑 필라테스 좀 배우고 있습니다. 아, 필라테스는 그 뭐랄까요? 기구를 이용한 요가? 여하튼 유연성을 중점적으로 훈련시키는 겁니다."

찬열의 설명에 고개를 끄덕였다.

유연성 강화를 동시에 하고 있다면 지금의 근육도 이해가 됐다.

"그렇군. 여튼 네가 잘못된 점을 지적해 주마. 송구를 할 때 넌 상체를 쓰지 않고 어깨로만 던지려는 경향이 있다. 워낙에 강견이니 그렇게 해도 주자를 잡을 수 있지만 시간이 지나면 무리가 오지."

박현우가 다시 송구 포즈를 잡았다.

"공을 잡고 테이크백을 할 때 골반을 돌려주면서 하체부터 힘을 끌어 올려야 돼. 그리고 골반을 회전하면서 상체까지 같이 돌려 모든 힘을 끌어올려야 된다. 다시 해봐."

찬열은 박현우의 지도대로 포즈를 다시 잡았다.

'테이크백을 하는 순간 골반을 돌리면서 하체부터 힘을 끌어 올린다. 그러면서……'

촤악-!

부드러운 폼으로 공을 던지자 거의 일직선으로 날아가 그물망을 흔들었다.

"오오! 방금 괜찮지 않았어요?"

"좋았어. 이제 그걸 연습하는 거야. 이거 두 박스만 던지자."

"예?"

박현우가 웃으며 옆에 있는 노란 박스를 가리켰다. 안에는 얼추 보더라도 100개가 넘는 공이 들어 있었다.

"자, 시작!"

웃는 그의 모습에서 찬열은 사신을 보았다.

*　*　*

박현우에게 개인 레슨을 받기 시작한 지도 어느덧 보름이
지났다.

그 말은 스프링캠프도 어느덧 절반이 지나가고 있단 소리
였다. 선수들도 체력이 붙고 슬슬 경기를 할 수 있는 준비가
되어가고 있었다.

그것을 알기에 이동건은 저녁 식사가 끝나고 선수단을 집
합시켰다.

"훈련하느라 피곤할 텐데 모이라고 해서 미안합니다. 다
름이 아니라 내일부터 5일 동안 매일 청백전을 할 생각입
니다. 청팀과 백팀은 매일 멤버가 바뀌면서 경기를 치를 겁
니다."

청백전을 매일 한다는 건 그리 이례적인 일은 아니다.

실전 감각을 익힐 수 있기에 오히려 반길 일이었다.

게다가 타이밍도 좋았다.

선수들은 반복되는 훈련에 서서히 지루함을 느끼고 있
었다. 그런 상황에서 경기는 또 다른 활력소를 부여했다.

'역시 노련한 감독이야.'

찬열은 그렇게 생각하며 뻐근한 몸을 이끌고 숙소로 돌아
갔다.

＊ ＊ ＊

다음 날 아침,

식당의 입구에 한 장의 종이가 붙여 있었다.

청백전을 위한 주전 멤버들을 나눈 명단이었다.

"오, 주전과 비주전이 잘 섞여 있네."

박현우가 종이를 보고 내린 결론이다.

다른 선수들 역시 비슷한 생각을 하고 있었다.

"난 청팀이고 넌 백팀이네."

박현우의 시선이 옆에 서 있는 찬열에게로 향했다. 그는 입가에 미소를 짓더니 자신을 바라봤다.

"지지 않겠습니다. 선배님!"

"푸하하! 주전도 아닌 녀석이 벌써부터 나랑 승부하려는 거냐?"

"에이, 그래도 한 번은 출전할 수 있겠죠!"

찬열의 시선이 백팀 명단으로 향했다.

'선발 출장은 박민혁.'

그랬다. 자신의 상대는 아직 박현우가 아니었다. 그러기에는 자신이 보여준 게 없었다.

'일단 눈앞의 상대부터 차근차근······.'

동료이자 라이벌.

그게 야구 선수라는 직업을 가진 자들의 숙명이었다.

＊ ＊ ＊

오전 훈련을 가볍게 끝낸 와이번스 선수단이 제1그라운드
에 모였다.

비록 연습이지만 오랜만의 경기에 다들 흥분해 있었다.

"경기는 9회, 연장은 없습니다. 청팀의 감독은 내가 맡고
백팀은 최호성 수석 코치가 맡습니다. 그럼 부상 주의하고
경기 시작하죠."

이동건의 외침과 동시에 백팀의 선공으로 경기가 시작
됐다.

'청팀 마운드에는 와이번스의 토종에이스 윤정길, 2005년
도 14승 7패 평균자책점 3.21. 우완 정통파로 최고 구속
151㎞ 평균 구속 147㎞의 빠른 공과 싱커가 주 무기지.'

에이스답게 윤정길은 1회를 삼자범퇴로 끝내고 마운드에
서 내려왔다.

'좌우를 크게 사용하는 포심이 인상적이다. 그리고 우타자
에게는 결정구로 싱커를 사용해 땅볼을 유도한다. 커브의 각
도 좋아.'

찬열의 머리가 빠른 속도로 회전하기 시작했다.

포수란 포지션은 다른 선수들보다 머리를 많이 써야 되는 자리였다. 그러기 위해서는 평소에도 뇌를 계속해서 사용해야 했다.

'우리 팀의 선발투수는 작년 4선발이었던 임창훈이다. 포크볼이 일품이지만 제구력이 들쑥날쑥하지.'

그런데도 4선발을 맡을 수 있었던 건 제구력이 한 번 잡히면 누구도 칠 수 없는 공을 던지기 때문이다.

그리고 오늘이 그런 날이었다.

펑-!

"아웃!"

딱-!

"아웃!"

딱-!

"아웃!"

첫 타자 삼구 삼진, 두 번째 타자 유격수 땅볼, 마지막 타자 내야 뜬공으로 마무리한 임창훈이 마운드에서 내려왔다.

'오늘은 릴리스 포인트가 제대로다. 게다가 타자들의 몸이 아직 덜 풀렸어.'

오랜만의 실전이다. 몸이 빨리 풀리는 건 어려웠다.

'본격적이 되는 건 타자 일순이 된 뒤가 되겠어.'

찬열의 판단대로 3회까지는 투수들의 퍼펙트 행진이 이어

졌다. 하지만 타자 일순이 되는 4회 초,

딱-!

"빠졌다!"

"달려!"

3유간을 빠져나가는 날카로운 타구에 타자는 1루에 가볍게 들어갔다.

좌익수가 달려오는 게 빨랐기에 더 이상의 진루는 없었다.

'재밌어지겠네.'

그때였다.

"정찬열."

"예!"

최호성이 그를 불렀다.

"다음 이닝부터 네가 마스크를 쓴다. 미리 준비해 둬."

"예, 알겠습니다."

감독은 이번 경기에서 최대한 많은 선수들을 활용할 생각이었다. 그러기 위해선 이제 슬슬 찬열을 내보내야 했다.

찬열은 마스크를 쓰고 간이 불펜으로 걸어갔다.

"태현아, 몸 푸는 것 좀 도와주라."

"응? 너 나가는 거야? 부럽다~"

그러면서 글러브를 가지고 나오는 태현과 함께 찬열은 캐치볼을 하며 어깨를 풀었다.

그사이 후속타가 불발이 되면서 백팀의 공격이 끝났다.

수비로 들어가는 백팀을 보던 찬열이 자리에 쪼그려 앉았다.

"태현아! 던져라."

"오케이!"

다음 이닝부터 들어갈 테니 이제는 제대로 몸을 풀어야 했다.

팡-!

"오우~ 공 좋네."

2차 1지명이라는 명함답게 태현의 공은 좋았다.

"헤헤, 그러냐?"

"응, 마음껏 던져라."

"알았다!"

태현의 장점은 간단했다.

공이 빠르다는 것. 그러면서 어느 정도 제구가 잡혀 있다.

'확실한 변화구가 없다는 게 아쉽지만 그거야 시간이 지나면……'

그때였다.

딱-!

경쾌한 소리와 함께 공이 높게 떠올라 빠르게 날아갔다.

"오, 넘어갔다."

공을 던지려던 태현도 날아가는 공을 보며 감탄을 터뜨렸다. 라인드라이브에 가까운 궤적을 그리며 날아간 타구의 주인은 바로 박현우였다.

'이야, 저 나이에도 저런 타구를 날릴 수 있구나.'

"정찬열! 준비는 다 끝났냐?"

"예, 언제든지 나갈 수 있습니다!"

어느새 다가온 최호성의 물음에 찬열은 고개를 끄덕였다. 그때 최호성이 태현을 바라봤다.

"김태현, 너는?"

"예? 저도 뭐 어느 정도는……."

"좋아, 그럼 둘 다 나갈 준비해."

"저도요?"

"그래, 1이닝 정도 책임질 거니까, 완급 조절 같은 건 필요 없다. 전력투구해라."

"예!"

첫 청백전, 거기서 기회를 부여받은 김태현의 얼굴에 환한 미소가 그려졌다.

"잘 부탁한다."

어느새 다가온 찬열이 그의 어깨를 툭 쳤다.

"나야말……."

딱-!

"또 쳤다!"

연타석 장타가 나왔다.

박현우에 이어 타석에 들어선 타자가 좌중간에 떨어진 타구를 때렸다. 펜스까지 굴러간 공 덕분에 주자는 2루까지 무사히 들어갈 수 있었다.

"타임!"

연타를 맞았으니 더 이상 가만히 있을 순 없었다.

최호성이 구심에게 공을 받아 마운드로 올라갔다.

"가자."

"응!"

정찬열과 김태현이 동시에 그라운드로 달려갔다.

* * *

"저쪽은 신인 콤비인가?"

청팀 벤치가 술렁이기 시작했다.

"마운드에 있는 애가 김태현이었지? 이번에 2차 1지명 된?"

"예, 캐처는 정찬열이로 바뀌었네요."

선수들의 시선이 연습 투구를 하는 두 사람에게로 향했다.

정찬열에 대한 평가가 좋지 않다고 해도 그건 어디까지나 사람됨에 따른 문제였다. 실제 플레이를 눈앞에서 보는 건 오늘이 처음이었다.

이동건 역시 찬열의 플레이에 집중했다.

"플레이볼!"

구심의 외침에 경기가 재개됐다.

'태현이는 프로에 와서 실전이 처음이다. 편한 마음으로 던질 수 있게 해야 돼.'

찬열은 바깥쪽 포심 패스트볼의 사인을 냈다.

고개를 끄덕인 태현이 와인드업을 했다.

'저런 바보!'

동시에 2루에 있던 주자가 대뜸 3루로 뛰기 시작했다.

원래 주자가 있는 상황에서 투수는 눈빛 견제와 함께 슬라이드 스텝을 밟으며 공을 던져야 한다.

하지만 너무 긴장한 나머지 태현은 주자의 존재를 잊어버린 것이다.

"간다!"

게다가 유격수가 주자가 뛴다는 신호를 주자 순간적인 밸런스가 무너졌다. 덕분에 공을 제대로 된 포인트에서 놓지 못했다.

그 순간 찬열이 자리에서 일어나며 옆으로 이동해 빠진 공을 잡았다.

"흡!"

동시에 빠르게 3루로 공을 송구했다.

퍽-!

송구된 공은 3루수가 주자를 자동 태그할 수 있는 위치로 완벽하게 날아갔다. 아슬아슬한 타이밍에 태그가 됐기에 3루수는 3루심을 바라봤다.

"아웃!"

"오오오오!"

"저걸 잡았어?!"

"방금 송구 뭐야?!"

양측 벤치에서 동시에 탄성이 터져 나왔다.

그만큼 대단한 송구였다.

물론 2루 주자의 발이 평균 정도였지만 완벽하게 타이밍을 뺏은 도루였다. 그런데도 잡았다는 건 찬열의 송구가 그만큼 빨랐다는 것이다.

"타임이요."

"어, 그래."

놀라는 벤치와 달리 찬열은 차분하게 타임을 걸고 마운드로 올라갔다.

"태현아, 너무 긴장하지 마라. 어차피 연습 경기야. 1이닝을 너한테 맡긴다고 했으니까 맞아도 내리진 않을 거다. 그러니까 차분하게 던져."

"어…… 미안하다. 주자를 신경 쓰지 못했네."

"괜찮아. 원래 다 그런 거지."

툭―!

태현의 어깨를 툭 쳐준 찬열이 다시 캐처 박스로 달려 갔다.

'쟤는 왜 저렇게 침착해?'

두 사람의 차이점은 단 하나였다.

태현은 지금의 등판을 시험이라 생각하고 있었다. 오늘 제 대로 보여주지 못하면 언제 또 자신에게 기회가 올지 모른다 는 막역한 두려움을 가지고 있었다.

반면 찬열은 그저 지금 상황을 즐겼다.

오랜만의 경기였다. 그리고 한국의 프로 무대에서 뛰는 첫 경험이었다.

'몸이 하나도 안 아프다는 게 이렇게 좋을 수가!'

마이너리그 3년 차 때부터였나?

멀쩡한 몸 상태로 경기에 뛰어본 적이 없는 것 같았다.

병원에 가서 치료를 받고 싶었지만 그럴 수도 없었다.

그 역시 두려움을 가지고 있었기 때문이다.

치료를 위해 잠깐 자리를 비우면 그사이 누군가가 자신의 마스크를 쓰고 있을 거란 생각.

그렇기 때문에 그는 아파도 참고 그라운드에 있었다.

실제로 그는 트리플A 시절 심한 독감 때문에 딱 일주일 경기에 나서지 못한 적이 있었다.

팀에서도 건강이 우선이라며 흔쾌히 그의 휴식을 허락해 주었다. 하지만,

'다시 팀에 돌아갔을 때 내 자리에는 더블A에서 올라온 유망주가 있었다. 나는 기회를 잡지 못하고 한 달 동안 경기에 나서지 못했지.'

한 달 뒤, 다시 경기에 나섰을 때 그 유망주는 메이저리그에 콜업이 된 뒤였다.

그 뒤로는 아파도 참고 경기에 나섰다.

그런 날들이 이어지면서 그는 성적도 부진하고 그 좋던 타격 감각도 모두 사라졌지만 그래도 참았다.

'자리를 비운 순간 다른 사람이 내 자리를 차지한다. 그게 야구다.'

그는 마이너리그에서 그것을 배웠다.

그랬기에 지금의 몸 상태가 매우 고마웠다. 아프지 않다는 사실이.

팡-!

"스트라이크!"

"나이스 볼!"

태현이 던진 포심이 미트에 꽂혔다.

'옛 생각은 그만하자. 지금에 집중해!'

* * *

"흠, 김태현이 안정감을 찾았군."

벤치에서 그라운드를 지켜보던 이동건이 더그아웃으로 돌아가는 김태현을 보며 말했다.

"포수의 리드가 좋았습니다. 긴장한 김태현을 진정시키고 리드도 인사이드가 아닌 아웃사이드 위주로 요구했습니다. 부담감이 없어지면서 자연스레 안정을 찾은 거죠."

투수 코치인 백성원의 말에 이동건이 고개를 끄덕였다. 백성원은 연이어 포수인 찬열을 칭찬했다.

"무엇보다 타자들이 까다로워하는 변화구를 아는 느낌입니다."

"구단에서 들었는데 비시즌 기간에 매일같이 사무실에 나와 백넷 기록을 봤다더군요."

"백넷 기록을요? 이제 갓 계약을 맺은 신인이 말입니까?"

"예, 먼저 요구를 했답니다. 그 뒤로 매일같이 나와서 기록을 보고요."

"허……."

코치 생활을 오래 한 백성원이지만 저런 선수는 처음이

었다. 놀라는 그를 뒤로하고 이동건은 더그아웃에 앉아서 쉬는 찬열을 바라봤다.

'수비는 일단 합격점인데 과연 타격에선 어떤 모습을 보여 줄지 궁금하군.'

8회 말.

백팀은 투수를 잘게 나눠 써서 어느덧 5번째 투수가 마운드를 지키고 있었다.

"흡!"

쐐액−!

백팀의 5번째 투수로 마운드에 오른 강경일이 공을 뿌렸다. 좌완 사이드암으로 우기영과 비슷했다. 구속이 더 빠른 게 장점이지만 제구력은 들쑥날쑥하는 편이었다.

이번에도 그랬다.

포크볼을 요구했는데 너무 일찍 떨어졌다. 홈 플레이트보다 훨씬 앞에 떨어진 공이 바닥을 때리면서 불규칙 바운드가 일어났다.

3루에 있던 주자가 상황을 보며 홈에 달려들려는 순간, 찬열이 끝까지 공의 움직임을 확인하고 몸을 날렸다.

퍽−!

프로텍터에 부딪힌 공이 발밑에 떨어졌다. 재빨리 공을 잡은 찬열이 3루 주자를 위협했다. 다급히 돌아가 던지지는 않았지만 위험한 순간이었다.

공이 빠졌으면 점수를 내줬을 일촉즉발의 상황. 하지만 찬열은 별일 아니라는 듯 다가오는 강경일을 향해 공을 슬쩍 토스했다.

"미안하다, 찬열아."

강경일은 진심으로 미안했다.

8회 말에 올라와 2명의 타자를 잡는 동안 벌써 폭투가 5개나 나왔다. 덕분에 찬열의 몸은 흙먼지 투성이가 되어 있었다.

하지만 찬열은 씩 웃었다.

"괜찮습니다. 편하게 던져 주세요!"

믿음직스런 표정으로 말하며 찬열이 자신의 자리로 돌아갔다.

'편하게······.'

공을 받아 든 강경일이 다시 마운드에 섰다.

찬열의 가벼운 한마디가 그의 긴장됐던 심정을 조금이나마 편하게 해주었다.

'녀석이라면 내 공을 언제든지 잡아줄 거 같아.'

다섯 번의 폭투, 그리고 다섯 번의 블로킹.

온몸이 흙먼지투성이가 됐지만 웃어 보이는 여유까지.

신인임에도 신뢰감을 주었다.

'떨어뜨려도 공은 빠지지 않는다.'

폭투로 인해 주자가 홈을 파고들 걱정은 하지 않아도 된다. 그런 생각을 하게 되자 마음이 편해졌다. 긴장으로 힘이 들어갔던 상체도 릴렉스를 하게 됐다.

'몸 쪽 낮은 코스 포심.'

찬열의 손가락이 빠르게 움직였다.

초구와 같은 코스를 요구했다. 처음에는 마음에 들지 않았다. 몸 쪽은 자칫 잘못하면 타자가 맞을 수도 있다. 손에서 살짝만 빠져도 가운데로 몰린다.

제구에 자신이 없는 강경일의 입장에선 부담스런 코스였다. 하지만 지금은 아니다. 찬열에 대한 믿음이 생겼다. 절대적 믿음까진 아니더라도 이유가 있을 거란 생각이 들었다.

"후우-!"

깊은 숨과 함께 강경일이 공을 뿌렸다.

쐐액-!

그의 손을 떠난 공이 날카롭게 타자의 몸 쪽을 파고들었다.

펑-!

"스트라이크!"

"오~"

"대담한데?"

양측 벤치에서 동시에 탄성이 터져 나왔다.

그만큼 대담한 투구였다.

6회에 교체된 박현우도 벤치에 앉아 고개를 끄덕였다.

'절묘한 코스였다. 공이 반 개 정도 빠졌지만 찬열의 프레이밍이 빛을 발했어.'

타자의 입장에서는 억울할 수 있지만 어쩔 수 없다.

'이걸로 강경일이 자신감을 가지게 됐다.'

몸 쪽 공을 던질 수 있다는 건 투수에게 엄청난 자신감을 얻게 했다. 그리고 그 효과는 스트레이트 계열의 공에만 나타나는 게 아니었다.

'볼카운트는 2볼 2스트라이크, 여기서 승부를 봐야 된다.'

박현우의 생각은 찬열도 하고 있었다.

'포크볼, 가운데로 몰려도 됩니다. 정확하게 떨어뜨리세요.'

사인을 받은 강경일이 고개를 끄덕였다.

'폭투가 되도 알아서 해주겠지.'

그렇게 생각하자 부담감이 다소 떨쳐낼 수 있었다. 3루 주자를 눈으로 견제한 그가 공을 뿌렸다.

"흡!"

쐐액-!

'몸 쪽!'

공이 날아오는 궤적을 본 타자의 눈이 빛났다.

이전 공과 똑같은 코스로 또다시 날아오는 공이었다.

투 스트라이크인 이상 이 공이 들어온다면 스탠딩삼진을 당할 수 있다. 그건 최악이었다. 그랬기에 타자는 일단 공을 걷어낼 생각으로 배트를 돌렸다.

그 순간 공이 흔들리는가 싶더니 시야에서 사라졌다.

'포크?!'

후웅-!

뒤늦게 깨달았지만 배트를 멈출 순 없었다.

홈 플레이트 앞에서 원바운드가 된 공이 그대로 찬열의 미트에 들어갔다. 찬열은 가볍게 타자의 몸을 터치하고는 공을 마운드 위로 던졌다.

"아웃!"

심판의 콜에 타자가 허탈한 표정을 지으며 더그아웃으로 돌아갔다.

'완벽하게 속였군.'

박현우는 방금 전 상황을 떠올렸다.

2볼 1스트라이크, 가장 어렵다는 몸 쪽 직구를 요구했다.

직구는 존을 벗어났다. 하지만 결과적으로 찬열이 스트라이크로 만들어냈다. 덕분에 타자는 혼란이 왔다. 비슷한 코스로 오면 커트를 하거나 쳐야 되는 상황.

'그때 포크볼을 요구해 헛스윙을 유도했다. 강경일은 자신의 폭투를 모두 받아준 찬열에 대한 믿음이 있기에 온전히 공을 던질 수 있었다.'

그 짧은 시간에 투수를 자기편으로 만들어낸 찬열의 승리였다.

박현우 역시 찬열의 그런 점을 높게 평가했다.

'분명 수비적인 측면에서는 점수가 높다. 하지만 타격에서는······.'

오늘 찬열이 타석에 선 것은 2번이다.

첫 번째는 3루수 땅볼이었고 두 번째는 주자 있는 상황에서 6-4-3으로 이어지는 병살타가 나왔다.

야구의 수비수에게는 고유의 번호가 주어진다.

6은 유격수, 4는 2루수, 3은 1루수를 의미했다. 즉 6-4-3이란 유격수가 공을 잡고 2루수가 받아 루를 밟고 1루에 공을 던져 더블플레이를 완성하는 걸 말한다.

'이상하게 호쾌한 스윙이 나오지 않고 있다. 마치 부상을 입은 선수처럼 뭔가 불편한 스윙이 나오고 있어.'

이동건은 혹시나 하는 마음으로 경기를 지켜봤다.

만약 이번 타석에서도 이전과 같다면 경기가 끝나고 그를 체크해 볼 생각이었다.

'이상하게 스윙이 잘 안 나가네.'

한편 대기 타석에서 배트를 휘두르는 찬열은 뭔가 이상함을 느꼈다.

'몸에 이상은 없는데 예전의 스윙이 나오지 않는단 말이야.'

찬열의 스윙 메커니즘은 이미 고교 시절 완성이 되었다고 해도 과언이 아니다.

타고난 파워, 선천적인 재능은 이미 타의 추종을 불허했다. 실제로 루키리그에 진출한 첫해 그의 타격을 본 팜매니저가 곧장 찬열을 싱글A로 올려 보냈다. 하지만 승승장구하던 스윙도 부상이 찾아오면서 망가지기 시작했다.

한곳이 부상을 당하면 의식적으로 그 부위에 힘이 가중되지 않게 폼을 바꾸게 된다.

이는 투수든 타자든 마찬가지였다.

하지만 이렇게 되면 자연스레 다른 곳에 힘이 쏠리면서 과부하가 일어난다. 부상이 또 다른 부상을 낳는 것이다.

그렇게 찬열의 타격 페이스는 하락했었다.

하지만 회귀를 하고 부상이 말끔히 사라지면서 그는 원래의 타격으로 돌아왔다. 정확히 이야기하면 의식을 하지 않아도 몸이 편한 상태에서 스윙이 저절로 나왔다.

아시아선수권 대회에서 찬열이 좋은 성적을 낼 수 있었던 이유다.

'그런데 지금은 묘하게 맞지 않은 옷을 입은 거 같단 말이지.'

제대로 된 타격을 하는 건 아시아선수권 대회 이후로 처음이다.

오랜만의 실전이라 그럴 수도 있다.

그러나 본능적으로 불편하다는 걸 느끼고 있었다. 계속해서 의문을 떨쳐낼 수 없는 이유였다.

그때 와이번스의 새로운 타격 코치를 맡은 김무현이 다가왔다.

"찬열아."

"예, 코치님."

"스윙을 하는데 중심이 무너지고 있다. 하체는 단단하게 받치고 있는데 중심 이동을 따라가지 못하고 있어."

"예?"

"스윙을 해봐."

김무현의 무뚝뚝한 말투에 찬열이 얼떨떨한 표정으로 포즈를 잡았다.

레그킥을 하지 않고 스텝을 밟으며 허리를 돌리는 순간, 김무현이 들고 있던 펑고 배트로 찬열의 앞발을 쓱 밀었다.

"어?"

그러자 균형이 무너지면서 하마터면 넘어질 뻔했다.

"봐라. 뒷발에 중심이 남아 있으니까 앞발은 가벼운 힘에도 밀려 버리잖아."

'왜 이러지?'

찬열은 혼란스러웠다. 중심 이동에 대해서는 잘 알고 있었다. 얼마 전까지만 하더라도 제대로 중심을 이동하면서 임팩트 순간 강한 힘을 낼 수 있었다.

그런데 지금 그게 안 되고 있었다.

"너 비시즌 기간에 키가 조금 컸지?"

"예? 예, 조금……."

"그리고 운동도 따로 했었고?"

"예."

"그럼 스윙도 바뀌어야 된다. 덩치가 커지고 몸이 바뀌는데 예전처럼 하니까 당연히 안 되지. 뭐, 당장 많이 바꿀 필요는 없고 첫째, 중심 이동을 평소보다 조금 빨리해라. 그리고 느긋하게 스윙을 가져가고."

"느긋하게요?"

"그래, 앞서 보여줬던 배트 스피드라면 조금 더 느리게 스윙을 시작해도 돼. 참, 그리고 테이크백 너무 길게 하더라."

김무현은 여기까지 이야기하고는 다시 더그아웃으로 돌아갔다. 느릿느릿하게 움직이는 것이 뭔가 느긋한 모습이었다.

'스윙을 느리게 하라고?'

뭔가 믿음이 가지는 않았지만 그래도 괜한 소리를 했을 거라는 생각은 들지 않았다.

펑-!

"아웃!"

때마침 타자가 아웃이 됐다.

주자가 없는 상황에서 타석에 들어선 찬열은 김무현 코치의 이야기를 떠올렸다.

'이번이 마지막 기회는 아니다. 또다시 기회는 올 거야. 한 번쯤 들어 보고 내 것이 아니란 생각이 들면 과감히 버리면 된다.'

만약 자신이 어릴 때였다면 코치의 이야기를 곧이곧대로 들었을 것이다. 하지만 지금은 아니다. 코치도 사람이고 잘못된 이야기를 한다는 걸 안다.

그렇기 때문에 찬열은 가벼운 마음으로 김무현 코치의 조언을 받아들였다.

"플레이볼!"

구심의 외침과 함께 배터리가 사인을 주고받았다.

찬열은 타격 자세를 취하고 뒷발의 무게중심을 언제든지 앞발로 이동할 수 있게끔 준비를 했다.

사인 교환이 완료된 듯 투수가 투구 자세로 들어갔다.

"흡!"

와인드업을 한 투수가 힘차게 공을 뿌렸다.

'무게중심을 앞으로……'

동시에 찬열은 중심 이동에 신경을 쓰면서 스윙에 들어 갔다. 김무현의 조언대로 찬열은 중심 이동이 모두 끝난 다음에 허리를 돌리면서 배트를 돌렸다.

부웅-!

펑-!

"스트라이크!"

호쾌한 헛스윙이었다.

더그아웃에서 웃음소리가 들려왔지만 찬열은 신경을 쓰지 않았다.

오히려 방금 전 스윙이 그의 머리를 가득 채웠다.

'스윙이 편했다.'

중심 이동에 신경을 쓰고 스윙을 천천히 하니 이전과 달리 막히는 부분이 없었다.

놀란 찬열이 더그아웃의 김무현을 바라봤다. 때마침 그도 찬열에게 손짓으로 신호를 보내고 있었다.

'테이크백을 작게 해.'

찬열은 고개를 끄덕이고는 다시 타석에 들어섰다.

테이크백이란 타자가 스윙을 할 때 더 큰 힘을 주기 위해 양손을 뒤로 빼는 동작을 말한다. 그것을 작게 하라는 건 콤

팩트하게 스윙을 하라는 뜻이었다.

준비를 끝낸 찬열이 투수를 노려봤다.

펑-!

"볼."

펑-!

"볼!"

연속 두 개의 변화구가 들어오면서 그를 유인했다.

하지만 찬열은 끈기 있게 참으며 자신이 원하는 구종을 기다렸다.

볼카운트가 불리해지자 배터리 역시 승부구를 던졌다.

'포심으로 카운트를 잡자. 코스는 바깥쪽 낮게.'

장태길의 사인에 고개를 끄덕인 투수가 와인드업과 함께 공을 던졌다.

"흡!"

쐐액-!

'됐어!'

공은 정확하게 날아왔다.

바깥쪽 무릎 위치로 오는 완벽한 공이었다.

그 순간 찬열이 무게중심을 이동하면서 허리를 돌렸다.

'테이크백은 짧게.'

김무현의 조언대로 테이크백은 거의 하지 않고 배트를 돌렸다.

후웅―!

딱―!

찬열은 경쾌한 소리와 함께 공을 당겨 쳤다.

좌익수 쪽으로 날아가는 공을 찾기 위해 장태길이 마스크를 벗었다.

그의 눈에 라인드라이브로 날아간 공이 그대로 관중석에 박히는 게 보였다.

"헐⋯⋯."

"우와! 저게 뭐야?!"

"라인드라이브로 관중석에 박혀?! 대체 저놈 뭐야?!"

여기저기서 의문을 담은 감탄이 터져 나왔다.

하지만 가장 놀란 건 찬열이었다.

'손에 감촉이 거의 없었는데도 공이 저렇게 날아가다니⋯⋯.'

흔히들 홈런을 칠 때 손에 때린 감촉이 거의 없다고 표현한다.

그만큼 스위트 스폿에 제대로 공을 맞췄기 때문이다.

'무엇보다 힘이 붙은 느낌이다.'

사실 찬열의 이런 타격이 나온 건 여러 요인이 있었다.

가장 먼저 완벽한 타이밍에 공이 맞았다. 그리고 코어 운동으로 인해 전체적인 몸의 밸런스가 강화됐다. 마지막으로 몸이 불어나고 근육이 붙으면서 파워가 늘어났다.

덕분에 완벽한 타격이 이뤄진 것이다.

'대단한 스윙이었다. 단발로 끝나지 않으면 좋을 텐데.'

내야를 도는 찬열을 바라보던 이동건 감독은 기록지에 그의 첫 홈런을 기록했다.

그날 밤.

숙소에 돌아온 찬열은 샤워도 하지 않은 채 배트 하나만 들고 다시 방을 나섰다.

"찬열아, 오자마자 어디 가냐?"

"아, 잠깐 스윙 연습 좀 하려고요."

"너무 무리하지 마라. 그러다 탈 난다."

"예!"

박현우의 걱정 어린 충고를 뒤로 하고 찬열은 주차장으로 나갔다. 그리고 김무현의 조언을 떠올리며 스윙을 했다.

'몸이 변할수록 스윙 메커니즘은 달라진다. 부상을 입었을 때처럼 말이지.'

근육이 붙었다는 건 육체가 변했다는 걸 의미한다. 그것을 간과하고 스윙을 했으니 제대로 타격이 될 리가 없었다.

'오늘 스윙을 잊지 않으려면 반복연습을 해야 돼.'

야구란 운동은 반복 훈련의 연속이다.

스윙은 물론이거니와 피칭, 수비 등 모든 플레이가 반복적인 훈련을 해야지만 선수 본인의 것이 됐다.

'새로운 스윙을 내 것으로 만들어야 해.'

그는 집중력을 끌어 올리며 훈련을 반복했다.

* * *

이동건 감독은 첫 청백전 이후 이틀에 한 번씩 연습 경기를 펼치면서 선수들의 실전 감각과 함께 장단점을 파악하는 데 주력했다.

딱-!

"오! 간다, 간다!"

높게 떠오른 타구에 사람들의 시선이 집중됐다.

하지만 기대와 달리 타구는 힘을 잃더니 그대로 펜스를 직격했다.

"아이고~"

"아깝다!"

안타까워하는 동료들과 달리 찬열은 빠르게 2루까지 달려 안전하게 들어갔다.

"이걸로 3타수 3안타인가?"

"예, 게다가 모두 2루타입니다. 장타율이 매우 좋네요."

백성원의 설명에 이동건이 고개를 끄덕였다.

그리고는 연습 경기에서 찬열이 기록한 내용을 확인했다.

'6경기를 치르면서 홈런 3개, 2루타 4개, 안타 3개를 때렸군. 7할 1푼 4리, 어마어마하군.'

연습 경기, 그리고 몇 경기 치르지 않았기에 가능한 성적이었다. 그렇다 하더라도 최근 찬열의 타격 페이스는 매우 좋았다.

'시즌까지 이어질 수는 없다. 그렇다 하더라도 2군에서 시작하기에는 너무 아까운 성적이야.'

만약 프로 경력이 2~3년이 된 선수가 이런 성적을 냈더라면 고민을 하지 않았을 것이다. 하지만 찬열은 이제 갓 프로에 입단한 신인 선수였다.

연습 경기가 아닌 페넌트레이스에 들어간 뒤에도 이런 성적을 낼 거라고는 장담할 수 없었다.

페넌트레이스는 변수가 많다.

그중에서도 신인 선수가 가장 힘들어하는 건 바로 관중이다.

'아마야구의 평균 관중수는 천 명이 되지 않는다. 하지만 프로야구의 평균 관중은 수천 명에 육박한다.'

2005시즌에는 6,000명이 넘는 관중이 매 경기를 관람했다.

'아마야구처럼 관중들이 얌전한 것도 아니다. 욕설이 날아 오는 건 기본이고 때로는 술병을 던지는 이들까지 있었지.'

2000년대에 들어 이물질 투척은 거의 없어졌다.

하지만 욕설은 아직 정신적으로 약한 어린 선수들이 견뎌 낼 수준이 아니었다.

실제로 실력과 잠재력이 모두 있는 선수가 압박감을 이 기지 못해 잠재력을 터뜨리지 못한 채 사라지는 경우가 프로 야구에는 빈번하게 있어 왔다.

'그렇다고 2군에서 썩히기에는 아깝다. 일단 시범 경기 까지는 지켜봐야겠어.'

아직 시즌까지는 많은 시간이 남아 있다.

그러니 결정을 급하게 할 이유가 없었다.

그는 찬열에 대한 생각을 정리하며 그라운드를 주시했다.

* * *

딱─!

"쳤다!"

"간다!"

"달려! 달려!"

경쾌한 소리와 함께 와이번스 더그아웃이 시끄러워졌다.

1, 2루에 있던 주자들은 타구 방향을 확인하고는 빠르게 달리기 시작했다.

타구는 좌익 선상에 떨어지면서 밖으로 흘러나가는 타구였다.

두 타자 모두 홈으로 들어왔고 찬열은 1루를 돌아 가볍게 2루에 들어갔다.

"싹쓸이 2루타!"

"멋지다, 찬열아!"

더그아웃에서 흘러나오는 응원 소리에 찬열이 가볍게 주먹을 쥐어 화답했다.

"이야, 잘 치네. 벌써 멀티 히트냐?"

서울 베어스에서 주전 2루수를 맡고 있는 최강민의 칭찬에 찬열이 미소를 지으며 고개를 숙였다.

"감사합니다."

그런 찬열의 어깨를 툭 친 최강민이 다시 자신의 자리로 돌아갔다.

찬열은 보호 장구를 1루 주루 코치에게 넘겼다.

"견제가 좋고 포수의 어깨가 좋으니까 리드는 너무 많이 가져가지 마."

"예."

"작전이 나올 수도 있으니까 사인 잘 보고."

"알겠습니다."

스프링캠프도 어느덧 후반을 향해 달려가고 있었다.

그 말은 선수들의 실전 감각을 끌어 올려야 될 때라는 소리였다. 그래서 하와이 지역에 캠프를 차린 3개 팀이 연습 경기를 하기로 합의를 하고 매일같이 경기를 했다.

그동안 와이번스는 총 7번의 연습 경기를 치렀다.

전적은 5승 2패를 기록하며 좋은 컨디션을 유지하고 있다. 많은 선수가 활약을 했지만 신인급 선수들 중 가장 뛰어난 활약을 펼친 건 역시 정찬열이었다.

7번의 경기에서 총 21번 타석에 들어섰다.

그중에 13개의 안타를 쳐서 6할 1푼 9리라는 고타율을 기록했다. 홈런은 3개, 2루타는 5개를 기록하며 장타에서도 높은 점수를 얻었다.

'다른 팀과의 경기에서도 좋은 모습을 보여주는군. 확실히 다른 애들보다 긴장을 덜하고 있어.'

다른 신인 선수인 차태식과 이경훈은 타석에 들어서면 긴장한 모습을 여실히 노출했다.

'무엇보다 다른 녀석들은 프로의 변화구와 구속에 적응을 못하는 모습을 보여주고 있는데 저 녀석은 다르다.'

실제로 차태식은 1할 6푼, 이경훈은 1할 4푼을 기록 중이었다.

타격이 풀리지 않으니 수비에서도 실수를 연발하며 최근에는 경기에 나서지 못했다.

반면 찬열은 공격과 수비에서 모두 훌륭한 모습을 보여주었다. 문제는 박현우의 컨디션도 나쁘지 않다는 것이다.

'현우 녀석도 5할이 넘는 고타율을 유지 중이다. 게다가 투수의 안정감에서 봤을 때 현우가 더 뛰어나.'

찬열은 팀에 빠르게 녹아들고 있었다.

포수로서 헌신적인 플레이를 연달아 보여주었고 훈련에도 열심히 참여하는 모습을 보였다.

게다가 훈련이 끝난 밤에도 홀로 주차장에 나가 배트를 휘두르는 모습이 선수들에게 목격이 되면서 평가는 더 좋아졌다.

심지어 다른 선수들에게도 전염이 되면서 최근 호텔 주차장에서는 식사 후 스윙 연습을 하는 선수가 많아졌다.

그렇다 하더라도 박현우의 오랜 시간 포수로서 세운 벽을 단번에 넘는 건 불가능했다.

성적에서 차이가 난다면 찬열을 기용하겠지만 그것도 아니었기에 이동건 감독의 고민이 많을 수밖에 없었다.

"아웃!"

그사이 타자가 아웃이 되며 세 개의 아웃 카운트가 모두 채워졌다.

루상에 서 있던 찬열은 더그아웃으로 돌아와 곧장 미트를 끼고 다시 그라운드로 나갔다. 박현우 역시 프로텍터를 착용하고 캐처 박스로 향했다.

반면 찬열은 평소 서 있던 캐처 박스가 아닌 1루로 걸어갔다.

'1루에서 잘해주면 좋을 텐데.'

오늘 경기에서 찬열은 포수가 아닌 1루수로 선발 출장을 했다.

이동건 감독은 박현우와 찬열의 공존을 생각 중이었다.

하지만 박현우는 19년이란 세월을 오로지 포수 외길을 달려온 선수다. 이제 와서 1루 수비를 맡길 수도 없다. 그렇다면 젊은 찬열의 포지션을 바꾸는 게 더 좋은 방법이었다.

1루에 도착한 찬열은 여전히 어색한 수비 자세를 취하면서 긴장을 풀었다.

'아으, 갑자기 1루수라니. 이게 뭔 일이냐.'

사실 찬열이 1루수를 보는 게 처음은 아니었다.

마이너리그 시절 포수로서 한계를 보이자 감독이 그의 포지션 변경을 시도한 적이 있었다.

하지만 부상과 슬럼프로 인해 수비를 제대로 할 수 없었다. 덕분에 포수로 금세 돌아갈 수 있었다.

'지금 1루수에 세운 건 역시 감독님의 머릿속에는 나보다

현우 선배가 우선이라는 건가?'

조금 아쉽기는 했지만 만약 자신이 감독이라도 그런 선택을 했을 것이다.

나이가 들었다고는 해도 박현우의 타격은 아직 녹슬지 않았고 투수의 리드나 포수로서의 능력은 자신보다 분명 한 수위였으니까.

'그래도 내게 곧 기회가 올 거다. 그때까지는 포지션에 연연하지 않고 최선을 다해야 돼.'

찬열은 좋게 마음을 먹으며 경기에 집중했다.

딱-!

그 순간 타자의 배트가 매섭게 돌았다.

중견수의 키를 넘은 공이 투 바운드가 되며 펜스에 부딪혔다.

타자는 순식간에 2루에 도착했다.

"나이스!"

투수는 살짝 짜증을 내긴 했지만 금세 포커페이스를 찾으며 마운드에 섰다.

'희생 번트라······.'

타석에 들어서는 타자가 번트 자세를 취했다.

투수는 2루 주자에게 견제구를 몇 번 던져 리드폭을 짧게 한 뒤 포수를 향해 공을 던졌다.

"흡!"

쐐액-!

바깥쪽 직구를 요구했는데 공이 가운데로 몰렸다.

그 순간 타자가 배트를 원래대로 잡으며 있는 힘껏 돌렸다.

딱-!

경쾌한 소리와 함께 찬열 쪽으로 공이 날아갔다.

"큭!"

퍽-!

미트를 뻗었지만 워낙 빠른 타구, 게다가 너무 베이스에 붙어 있었던 탓에 타구를 제대로 캐치하지 못했다.

공은 미트를 맞고 굴절이 되어 1루선상 밖으로 흘러나갔다.

앞으로 달려오던 우익수가 급하게 몸을 틀어 공을 잡았을 때는 이미 2루 주자가 3루를 돌고 있었다.

"홈으로 던져!"

2루수의 외침에 우익수가 있는 힘껏 공을 던졌다.

주자보다는 공이 빠른 상황이었다.

연습 경기, 몸을 사려야 될 찬스였지만 2루 주자는 4년 차에 겨우 1군 스프링캠프에 합류한 선수다.

의욕이 앞섰다. 허슬플레이를 보여줘 감독의 눈에 들어야 된다는 생각을 했다. 그래서 몸을 날렸다. 헤드 퍼스트 슬라이딩을 함과 동시에 박현우가 공을 캐치해 태그를 했다.

퍽-!

뚝-!

"아웃!"

심판의 아웃 콜에 주자는 허무한 표정을 지었다.

"아으윽……."

그때 신음이 들려왔다. 고개를 돌리자 박현우가 쓰러져 신음을 흘리고 있었다.

"선배님!"

"현우야!"

선수들과 더그아웃에서 지켜보던 이동건도 자리를 박차고 홈 플레이트로 달려 나왔다.

6장

뜻하지 않은 기회

　[프로야구 소식입니다. 인천 와이번스의 베테랑 포수인 박현우 선수가 서울 베어스와의 연습 경기에서 부상을 입었습니다. 구단 측의 보도 자료에 따르면 박현우 선수는 미세 골절을 입었으며 약 6주간의 치료 기간이 필요하다고 밝혔습니다. 박현우 선수는 서른 아홉의 베테랑 선수지만 이번 캠프에서 뛰어난 활약을 보여주고 있어 아쉬움을 자아내고 있습니다. 다음 소식…….]

* * *

　딱-!
　경쾌한 소리와 함께 날아간 공이 우익수 앞에 떨어졌다.

가볍게 1루에 도착한 찬열을 바라보는 이동건은 고개를 끄덕였다.

　'이걸로 오늘 백 퍼센트 안타를 때리는군. 그중에 하나는 홈런이고.'

　박현우의 부상이 찬열에게 미치는 영향은 없었다.

　그는 언제나처럼 호쾌한 스윙으로 팀의 득점을 책임졌다. 그리고 수비에서도 안정적인 모습을 보이며 신인 같지 않은 안정감을 보여주었다.

　'기회는 언제든지 주어진다. 하지만 그 기회를 잡는 건 준비된 자만이 할 수 있지.'

　찬열은 그 기회를 잡아 가고 있었다.

　확실하게 자신의 존재감을 알리면서 성적을 쌓아 갔다.

　딱-!

　또다시 경쾌한 소리가 그라운드를 울렸다. 후속 타자인 차태식이 중견수 키를 넘기는 큼지막한 타구를 날린 것이다.

　"달려! 달려!"

　중계 플레이가 좋았기에 찬열이 홈까지 파고들지 못했지만 차태식이 2루까지 들어가기에는 충분했다.

　'차태식도 서서히 타격 감각을 찾아가고 있군.'

　이동건은 이번 캠프에서 여러 실험을 하고 있었다.

　신인급 선수를 많이 기용하면서 기회를 부여했다. 거기서 기회를 잡은 선수도 있었고 잡지 못한 이들도 있었다.

캠프가 막바지에 치달을수록 서서히 옥석이 가려지고 있었다.

* * *

박현우가 부상을 당했지만 변한 건 없었다.

베테랑들의 타율이 조금 내려앉긴 했지만 딱히 박현우의 이탈 때문이라고 보기에는 어려웠다.

원래 올라간 타율은 내려가게 마련이었으니 말이다.

하지만 모두가 그렇게 생각하는 건 아니었다.

"찬열아, 요즘 선배님들 조금 이상한 거 같지 않냐?"

언젠가부터 주차장에서 같이 스윙을 하기 시작한 차태식이 먼저 입을 열었다. 그의 말에 옆에 있던 이경훈도 스윙을 멈추고 동참했다.

"맞아, 뭔가 좀 날카로워진 기분이야. 예전에는 친절하게 이것저것 알려 주셨는데 요즘은 그런 게 없다니까?"

"너도 그렇게 느꼈냐? 박현우 선배가 빠져서 다들 심란해서 그런 걸까?"

두 사람의 대화에 찬열이 배트를 멈췄다.

"너희들 바보냐?"

"뭐?"

"설마 선배들이 선수 한 명 부상 입었다고 멘탈이 흔들릴 정도로 약할 거 같아?"

"야, 선수 한 명이 아니지. 박현우 선배 아니냐? 팀의 정신적 지주!"

차태식의 반발에 찬열은 고개를 저었다.

"선배들 우습게 보지 마라. 이 야구판에서 십몇 년 동안 야구를 해온 사람들이야. 동료가 부상을 입은 건 분명 안타깝지만 그런 것에 흔들릴 정도로 약한 사람들이 아니다."

"그래도……."

반대 의견을 내려는 이경훈의 말을 끊고 찬열이 계속 이야기했다.

"선배들이 날카로워진 건 너희가 치고 올라와서다."

"응?"

"그게 무슨 소리야?"

"너희들 청백전에서 뛸 때 타율이 1할에 머물렀지?"

두 사람의 얼굴이 뻘개졌다.

"왜 그때 이야기를 꺼내냐?"

"지금은 태식이가 3할 1푼, 홈런 1개. 경훈이가 2할 9푼에 도루를 3개 했지?"

경기에 나서는 횟수가 증가하면서 두 사람은 안정감을 찾기 시작했다. 그러자 본래의 실력이 나오면서 성적이 올랐다.

"그 정도면 기존의 선배들을 위협할 수 있는 성적이다. 물론 앞으로가 중요하지만 선배들은 이미 너희를 경쟁자로 인식하기 시작했다는 거지."

"에이……."

"설마 그러기야 하겠냐?"

"그게 프로다. 나이 많다고 주전으로 써주는 고교야구가 아니야."

찬열은 거기까지 이야기하고 다시 스윙 연습에 들어갔다.

그 모습을 본 차태식과 이경훈은 서로를 바라보다 연습을 시작했다.

'박현우 선배가 부상을 당한 건 분명 안타까운 일이다.'

그 역시 선의의 경쟁을 통해 자리를 차지하고 싶은 욕심이 컸다. 하지만 상황은 그것을 용납하지 않았다. 기회가 손을 내밀었고 찬열은 그 기회를 잡을 준비가 되어 있었다.

'부상이 완치되기까지 걸리는 시간은 한 달, 그 안에 박현우 선배를 넘어야 한다.'

그 한 달이란 시간 안에 찬열은 확실한 모습을 보여주어야 했다.

'반드시 주전으로 자리매김하겠어.'

우연찮게 찾아온 기회였다. 그것을 잡는 건 자신의 몫이다. 그는 굳은살이 벗겨지도록 배트를 돌렸다.

* * *

[아~ 아웃입니다.]

"아이고, 아깝다!"

찬열은 안타까워하는 아버지의 모습을 보다 TV로 눈을 돌렸다.

TV에서는 한창 WBC 1회 대회를 중계해 주고 있었다.

정식 명칭은 월드 베이스볼 클래식.

간단히 이야기하면 메이저리그 사무국이 중심이 되어 야구도 월드컵을 열자는 취지로 만들어진 대회다.

최고의 선수들이 뽑힌 대회답게 수준 높은 경기가 펼쳐졌다.

'이번 대회에서 한국이 4강 정도 했던가?'

스프링캠프가 끝나고 한국으로 돌아온 지 어느덧 삼 일이 지났다.

첫날 찬열은 휴식을 취했고 이□날부터는 부모님의 집에 들려 함께 시간을 보냈다. 그리고 지금은 아버지와 함께

WBC 1차 대회를 관람 중이다.

'햐, 다시 봐도 저 멤버는 정말 대단하네.'

미국에 있던 시절에도 WBC를 보긴 했었지만 당시에는 미국 야구라는 큰 산을 눈앞에 두고 있었기에 약간의 여유도 없었다.

하지만 지금은 조금 달랐다.

당시보다는 조금의 여유를 가진 채 휴식을 가질 수 있었다.

가장 큰 이유는 휴식도 훈련의 일부라고 생각하는 생각의 차이였다.

과거에는 휴식을 하면 마냥 논다고 생각했다. 그래서 성적이 떨어지면 남들보다 더 많이 무리해서 훈련을 했었다. 그러다 보니 오버워크가 되고 자연스레 부상이 따라왔었다.

'쉬는 것도 잘 쉬어야 돼.'

충분히 육체를 쉬어주면서 훈련을 해야 된다는 걸 알기에 찬열은 마음을 편안히 가지고 오랜만에 가족과의 즐거운 시간을 보냈다.

* * *

WBC 1회 대회, 한국은 3위라는 성적을 거두며 유종의 미를 거두었다.

찬열은 결과를 보고는 안도의 한숨을 쉬었다.

'변하지 않는 것도 있네.'

회귀 전의 기억과 같은 결과에 안심을 하며 그는 막바지 훈련에 열중했다.

그리고 마지막 훈련이 있던 날,

와이번스 구장에 반가운 손님이 찾아왔다.

"여, 찬열이, 열심히 하고 있네?"

"선배님!"

바로 박현우였다.

새끼손가락에 붕대를 감고 있긴 했지만 그것만 빼고는 좋아 보였다.

"부상은 어떠세요?"

"순조롭게 회복 중이다. 아마 시즌 시작하고 일주일 정도 있다가 복귀할 수 있을 거다."

"다행이네요!"

"넌 요즘 어떠냐? 듣기에는 나 하와이 떠난 뒤에도 날아다녔다면서?"

찬열의 연습 경기 최종 성적은 타율 4할 5푼에 홈런 5개 타점 28개를 쓸어 담았다.

타율 타점은 팀 내 1위였고 홈런은 3위를 기록할 정도로 좋은 활약을 펼쳤다. 현재 팀 내에서는 그의 시범 경기 선발 출장이 거의 확실시되는 분위기였다.

"잘할 거라 생각은 한다만 관중이 있는 경기는 연습 경기와 또 다르다. 다른 변수가 많으니까 그 점을 잘 생각해서 준비해. 알았지?"

"예."

자신을 걱정해 주는 박현우의 모습에 찬열은 감동을 받았다.

"내 자리 잘 지키고 있어라. 곧 돌아와서 뺏어줄 테니까."

주먹으로 어깨를 툭 치는 그의 모습에 찬열의 미소가 짙어졌다.

"안 뺏길 겁니다!"

"짜식."

박현우가 기특하다는 듯 그를 바라봤다.

* * *

인천 문학구장에 오랜만에 많은 사람이 찾아왔다.

오늘이 드디어 2006년 프로야구 시범 경기가 열리는 날이었기 때문이다.

겨울 동안 야구에 목말라 있던 사람들은 오랜만에 야구를 볼 수 있다는 기대감에 일찌감치 경기장을 찾았다.

그리고 시간이 흘러 드디어 시범 경기의 막이 올랐다.

[전국의 야구팬 여러분 안녕하십니까? 기다리고 기다리던 프로
야구의 시즌이 돌아왔습니다. 인천 문학구장에서 인사를 드리는 전
KSC의 성민호 캐스터입니다. 그리고 옆에는 해설을 맡아주신 이
순경 위원님 나오셨습니다. 안녕하십니까?]

[예, 반갑습니다.]

[오늘 경기는 인천 와이번스와 대전 이글스의 첫 시범 경기인데
요. 양 팀의 오늘 선발 라인업을 보면 비슷한 점이 보입니다.]

[맞습니다. 양 팀의 선발 라인업에 모두 신인 선수가 올라와 있다
는 점인데요. 인천 와이번스는 주전 포수인 박현우 선수의 부상과
스프링캠프에서 절정의 타격감을 보여준 정찬열 선수가 포수 마스
크를 쓰고 5번의 자리에 이름을 올렸습니다.]

[예, 또한 대전 이글스는 선발투수로 류성일 선수를 올렸죠. 양
팀의 감독들은 아직 시범 경기이다 보니 파격적인 라인업을 가지고
가는 것 같습니다.]

정찬열과 류성일,

두 선수는 현재 한국 프로야구에서 가장 이슈가 되는 신인
선수들이었다.

하와이 캠프에서 정찬열은 연일 맹타를 터뜨렸던 게 언론

을 통해 공개가 됐다. 류성일 또한 캠프에서 빼어난 성적을 올리면서 차세대 이글스의 에이스라는 평가를 받았다.

[경기에 앞서 애국가 제창이 있겠습니다.]

그라운드에 울려 퍼지는 애국가를 들으며 정찬열은 주위를 둘러봤다.

'처음 마이너리그 무대에 섰을 때는 정말 떨렸었는데.'

비슷한 시기, 똑같은 나이에 자신은 미국에 있었다.

하지만 지금은 한국에 있다. 운명의 장난이라고 밖에는 할 수 없는 상황, 묘한 감정이 들었다.

그사이 애국가가 끝나 가고 있었다.

'후우―! 그만 생각하자. 이제 경기에 집중해야 돼.'

연습 경기에서 좋은 성적을 냈다고는 하지만 고작해야 7경기에서 나온 성적이다.

찬열이 잘 친 것도 있지만 상대가 자신에 대한 정보가 거의 없으니 만만하게 보고 쉽게 승부를 걸어온 탓에 쉽게 쉽게 공략을 할 수 있었다.

무엇보다 와이번스는 캠프에서 절정의 타격감을 보여주었다. 박현우의 이탈로 찬열이 주전 자리를 꿰차는 모습에 긴장감을 느낀 베테랑 선수들이 열심히 한 결과였다.

하지만 그게 시범 경기 그리고 정규 시즌까지 이어질 수 있을 거라고는 장담할 수 없다.

타격에는 사이클이란 게 있고 하늘 높은지 모르고 올라가다 보면 언젠가는 떨어지게 되어 있으니 말이다.

'오늘 경기에서 감독님과 코치님은 다양한 시도를 해본다고 하셨지.'

* * *

경기 전 미팅 룸.

선수단 전원이 모인 자리에서 이동건 감독이 이야기를 꺼냈다.

"오늘 경기는 시범 경기입니다. 성적과 승패에 연연하지 않았으면 좋겠습니다. 특히 라인업에는 당분간 변동이 있을 겁니다. 다양한 실험을 해보고 싶기 때문에 다들 많은 의미를 부여하지 않았으면 좋겠습니다."

야구 선수는 의외로 작은 변화에도 민감하다.

투수만이 아니라 타자도 마찬가지다. 시즌 도중 타순에 변경이 있는 것만으로도 다양한 의미를 부여한다. 그 사실을 잘 알기에 이동건 감독은 일부러 당부를 한 것이다.

이동건 감독만이 아니었다.

투수와 포수는 경기 전 배터리 코치와 함께 오늘 경기의 전략 전술에 대해 회의를 한다. 타자들에 대한 정보를 이야기하고 그에 따른 대략적인 볼배합을 결정하는 시간이었다.

"정길이는 잘 알겠지만 타자들은 매년 자신의 약점을 보완해서 나온다. 그렇기 때문에 오늘 회의에서 말해준 약점이 꼭 통하리라는 보장은 없다."

"예."

"그러니 찬열이 네가 경기를 치르면서 잘 조율을 해줘야 된다. 알았지?"

"알겠습니다."

"그리고 정길이 너도 찬열이가 어리다고 해서 너무 네 위주로 가지 말고, 리드에 잘 따라주도록 해라."

"걱정 마세요."

1선발답게 윤정길은 여유로운 표정으로 대답했다.

* * *

'잘 들어주기는 망할······.'

1회 초, 윤정길이 세 명의 타자를 잡는 동안 고개를 젓지 않은 적은 한 손가락에 꼽을 정도로 적었다.

'신삥의 리드는 믿음직하지 못하다 이건가?'

문제는 리드를 따르지 않더라도 윤정길의 공은 타자들이 건들 수 없었단 것이다.

차라리 안타를 맞았더라면 할 말이라도 있겠는데 구위로 그걸 눌러버리니 윤정길의 리드를 따라가야만 했다.

'후우—! 일단 참자, 참아. 당장은 내가 힘이 없는데 어쩌겠어?'

"선배님, 나이스 피칭입니다!"

그러면서도 더그아웃으로 돌아가는 길에 윤정길에게 칭찬을 잊지 않는 찬열이었다.

포수란 이런 포지션이었다.

기분이 나쁘더라도 그것을 내색하면 안 됐다.

언제나 웃으며 투수의 비위를 맞춰주어야 했다.

벤치에 돌아온 찬열은 바로 보호 장구를 벗지 않고 경기의 상황을 유심히 살폈다.

'내 순서까지 오려나?'

글러브만 끼고 나가면 되는 다른 포지션과 달리 포수는 여러 장비를 착용해야 한다.

그랬기에 타순이 오기 전까지는 최대한 장비를 벗지 않고 기다려야 했다.

'어디 보자, 류성일이 지금 시기에는 어떤 공을 던지려나.'

데뷔 첫 시즌, 류성일은 정말 괴물 같은 활약을 펼친다.

시즌 MVP, 신인왕, 투수 골든 글러브는 물론이거니와 투수 트리플 크라운(다승, 평균 자책점, 탈삼진)을 기록한다.

말도 안 되는 기록이지만 류성일은 분명 이루어냈고 이후에도 KBO를 대표하는 투수로 리그를 주름잡았다.

그런 투수의 공식전은 아니지만 어쨌든 프로 데뷔 경기였다.

찬열의 호기심을 자극하기에 충분했다.

쐐액-!

펑-!

펑-!

펑-!

"아웃!"

"오오오오!"

[류성일 선수 대단합니다! 첫 타자를 삼구 삼진으로 돌려세웁니다!]

[직구, 커브, 직구로 순식간에 카운트 세 개를 올리는 대담한 피칭을 보여주었습니다.]

[최고 구속은 145㎞가 찍혔군요.]

첫 번째 타자가 삼구 삼진을 당하자 와이번스 벤치도 술렁였다.

"오, 대단하네."

"굉장히 공격적인데?"

옆에서 들려오는 말에 찬열도 고개를 끄덕였다.

'경기 전에 말을 맞춘 건지 몰라도 포수의 리드에 바로 따

라온다. 뭐, 이종식 선수가 워낙 나이가 많아서 그럴 수도 있지만.'

이종식 역시 박현우와 마찬가지로 베테랑에 속한 선수다.

30대 중반의 나이로 여러 팀을 전전하다 이글스에서 주전이 된 늦깎이 선수였다.

'아무래도 내 타석까진 안 오겠지.'

찬열은 장비 벗는 걸 포기하고 그라운드 위의 수비수들 움직임을 주시했다.

'수비에서의 좋은 모습이 타격에서도 이어진다고 할 순 없지만 아예 연관이 없는 건 또 아니니까.'

수비에서 움직임이 좋은 선수는 그날 컨디션이 좋다는 이야기와 같다. 아무래도 타격에서도 좋은 모습을 보여줄 확률이 높았다.

그랬기에 찬열은 수비수들의 움직임을 하나하나 유심히 살폈다.

펑-!

"아웃!"

예상대로 세 번째 타자가 헛스윙 삼진으로 물러났다.

[아~! 정말 좋은 공이었어요. 뚝 떨어지는 커브에 배트가 허공을 가르네요.]

[1이닝! 류성일 선수는 12개의 공으로 세 명의 타자를 돌려세웠

습니다. 이어서 이글스의 2회 초 공격이 이어지겠습니다. 여기는 문학구장입니다!]

* * *

2회 초에도 윤정길은 찬열의 리드를 따르지 않았다.

이번에는 5번 타자에게 안타를 허용하긴 했지만 실점을 하지 않고 마운드에서 내려왔다.

겉으로 보기에는 아무런 이상한 점도 없었다.

그러나 찬열의 입장에서는 매우 기분 나쁜 일이었다.

'왜 내 리드를 따르지 않는 거지?'

윤정길이 생각하는 구종과 자신이 생각하는 구종은 90퍼센트가량 일치했다.

아니, 일치할 수밖에 없었다.

경기 전 배터리는 코치와 따로 미팅을 갖는다. 거기서 상대팀에 대한 전력 분석 자료를 가지고 오늘 경기를 어떻게 풀어 나갈지에 대해 회의를 한다.

그렇기 때문에 배터리가 생각하는 볼배합은 거의 비슷했다.

'볼배합의 문제는 아니다. 그렇다면 코스가 문제일까?'

하지만 그것도 선뜻 이해가 되지 않았다.

찬열은 작년 시즌 타자들의 기록을 가지고 약한 코스를 끊임없이 공략을 했다.

또한 윤정길이 때로는 찬열의 리드를 그대로 따르기도 하니 더욱 헷갈렸다.

"찬열아! 나갈 준비해야지!"

"아, 예."

타자 코치 김무현이 말했다.

'에휴, 일단은 타격에 집중하자.'

찬열은 급하게 헬멧과 배트를 들고 대기 타석으로 들어갔다. 타석에는 4번 타자인 김상필이 배트를 들고 있었다.

'캬~ 포스 죽이네.'

188㎝의 키에 몸무게가 100㎏이 넘는 김상필은 정형적인 파워 히터였다.

주자가 없는 상황에서는 절대 단타를 노리지 않기 때문에 타율은 낮지만 타점과 홈런, 그리고 장타율은 팀 내에서 누구도 따라오지 못했다.

하와이 캠프에서도 타율은 찬열보다 낮았지만 홈런은 많았을 정도로 홈런을 노리는 타자였다.

그리고 지금도 마찬가지였다.

후웅-!

펑-!

"스트라이크!"

정말 호쾌한 스윙이 나왔다.

비록 공을 맞추진 못했지만 폼이 무너지지 않는 좋은 스윙이었다.

'압박감 좀 받겠네.'

예상대로 류성일은 인상을 찌푸렸다.

'무슨 스윙을 저렇게 하냐? 걸리면 그냥 넘어가겠다.'

이내 류성일은 고개를 저었다.

'그래 봤자 내 공이면 충분히 통한다. 자신감을 가지고 던져!'

'큰 걸 노리니까 변화구로 가자. 슬라이더.'

박종식의 사인에 고개를 끄덕인 류성일이 와인드업을 했다.

"흡!"

부드러운 폼으로 슬라이더를 던졌다.

하지만 김상필은 배트를 내밀지 않았다. 원하는 코스가 아니었다.

펑-!

"볼."

심판의 콜에 김상필이 타석에서 물러났다.

'투구 폼이 묘하군. 팔이 나오는 게 느려.'

타자들은 투수가 공을 던지는 순간을 보고 타이밍을 파악

한다.

그렇기 때문에 투수는 투구를 할 때 최대한 팔을 숨기며 던져야 했다. 그런 점에서 봤을 때 류성일은 팔을 잘 숨기고 있었다.

'타이밍을 잡기 힘들어.'

김상필은 헬멧을 고쳐 쓰며 타석에 들어섰다. 여전히 포커페이스이긴 했지만 속마음은 꽤나 짜증이 나 있는 상황.

딱-!

"파울!"

펑-!

"볼!"

펑-!

"스트라이크! 아웃!"

"큭……."

결국 김상필은 헛스윙 삼진으로 물러나고 말았다.

더그아웃으로 돌아가던 그는 찬열을 지나치게 되자 작은 소리로 정보를 주었다.

"팔이 나오는 게 많이 늦다. 타이밍을 잡기가 힘들 거야. 하지만 구종은 직구와 커브 두 개를 가장 많이 던진다. 하나만 노리는 게 오히려 칠 수 있는 가능성이 크다."

"감사합니다."

"한 방 날려라."

"예!"

김상필의 조언을 듣고 찬열은 타석에 섰다.

그는 헬멧을 벗고 구심에게 고개를 숙였다.

"잘 부탁드립니다!"

"어, 그래."

구심이 가볍게 고개를 끄덕였다.

선수가 심판에게 인사를 하는 건 자주 보이는 풍경이다.

대부분의 심판은 야구인 출신이다. 직계 선배는 아니더라도 운동권 선배이니 인사를 했다.

그게 아니더라도 오늘 경기를 잘 부탁한다는 뜻도 가지고 있기에 신인, 고참 가리지 않고 첫 타석, 첫 진루에는 심판들에게 인사를 했다.

'성일이 녀석이랑 맞상대하는 건 처음이네.'

고교 시절 부딪힌 적이야 있겠지만 회귀 후에는 처음이다.

국가 대표 때도 녀석과 매번 같은 편이 됐기에 좀처럼 붙을 기회는 없었다.

'팔이 늦게 나온다라. 어떤 이미지를 잡으면 되는 거지?'

일단은 공을 지켜봐야 했다.

옆에서 보는 거와 타석에서 보는 건 다르니 말이다.

찬열은 정신을 집중하고 류성일을 노려봤다.

'바깥쪽 슬라이더.'

박종식이 사인을 냈다.

우타자인 찬열의 입장에서 류성일의 슬라이더는 존 밖에서 안으로 들어오는 공이 된다.

'오늘 심판의 존은 바깥쪽으로 후하니까, 첫 타석에서는 카운트를 벌어갈 수 있다.'

박종식의 판단은 지금까진 정확했다. 모든 타자에게 바깥쪽 코스로 공을 던져 카운트를 유리하게 가져갔다.

'흠, 나라면 어디로 던지게 할까나.'

찬열은 자신이 캐처 박스에 앉아 있다고 가정했다.

'바깥쪽으로 던지게 할 거 같은데.'

코스를 결정한 찬열은 이번에는 구종에 대해 고민했다.

'비율로 봤을 때 포심과 커브를 주로 던졌으니까, 이번에는……'

그때 류성일이 와인드업을 했다.

찬열은 배트를 잡은 손에 힘을 주고 류성일의 팔을 유심히 바라봤다.

'왜 안 나와?'

주축이 되는 발이 마운드를 밟고 무게중심이 앞으로 쏠렸지만 그때까지도 류성일의 팔은 앞으로 나오지 않았다.

몸 뒤에 완벽히 숨긴 팔이 나온 건 그의 몸이 앞으로 기울기 시작할 때쯤이었다. 번개처럼 나온 팔이 채찍처럼 공을 때렸다.

쐐액-!

"흡!"

딱-!

경쾌한 소리와 함께 공이 빠르게 3유간을 갈랐다. 좌익수가 공을 잡았을 때는 이미 찬열이 1루에 도착한 뒤였다.

"나이스 배팅이다!"

"감사합니다~"

1루 주루 코치와 주먹을 부딪친 찬열은 마운드 위의 류성일을 바라봤다.

'이야, 상필 선배가 조언해 주지 않았다면 완전 헛칠 뻔했네.'

그는 숨을 고르며 1루심에게 고개를 숙여 인사를 했다.

'운 좋게도 노렸던 슬라이더가 들어왔다.'

찬열은 슬라이더를 노렸다.

오늘 경기에서 한 번도 던지지 않았던 공이었기 때문이다.

'대만이랑 경기할 때 슬라이더를 받아 봤던 게 도움이 됐어.'

두 사람은 작년 국가 대표 때 호흡을 맞췄다.

당시 슬라이더가 꽤 날카롭게 들어오던 걸 기억하고 있기에 그것을 노렸다. 그리고 노림수는 적중했다.

'팔이 나오는 게 너무 느려 타이밍이 조금 늦었지만……'

공을 받을 때와 타격에 임했을 때의 차이가 있어 타이밍이 늦었다.

'어쨌든 첫 안타다!'

그는 작게 주먹을 불끈 쥐어 보였다. 공식전은 아니지만 관중들이 보는 앞에서 때려낸 첫 안타였다.

* * *

양 팀은 빠른 템포로 투수진에 변화를 주었다.

이글스는 3회를 끝내고 4회에 새로운 투수를 마운드에 올렸다. 와이번스는 4회가 끝나자 윤정길을 강판하고 김태현을 등판시켰다.

시범 경기는 관중이 있는 상황에서 경기를 하기 때문에 정규 시즌에 들어가기 전, 마지막으로 선수를 점검할 수 있는 단계였다. 그랬기에 양 팀 감독들은 다양한 시도를 했다.

'태현이는 내 리드를 잘 따라 줘서 땡큐네.'

6회 초, 김태현은 다섯 명의 타자를 상대했지만 무실점으로 마운드를 내려왔다.

"잘 던졌다. 아이싱하고 쉬어라."

"네!"

투수 코치가 태현의 어깨를 토닥여 주었다. 아이싱을 하라는 건 다음 이닝에 올라가지 않는단 뜻이다.

즉, 태현의 임무는 여기서 끝이었다.

'2이닝을 던지면서 3안타를 맞긴 했지만 무실점을 했으니 성공적이네.'

찬열은 태현을 보며 기특하다는 듯 고개를 끄덕였다.

그때 배터리 코치인 김기홍이 다가왔다.

"수고했다. 다음 이닝부터는 민혁이가 마스크를 쓸 거다."

"네."

찬열은 마스크를 벗으며 깊은 한숨을 내쉬었다.

'끝났다……'

7장

프로 데뷔!

경기가 끝나고 찬열은 구장 인근의 카페로 향했다.

카페에 들어서자 외진 자리에 모자를 쓴 남자가 앉아 있었다. 얼굴을 절반쯤 가리긴 했지만 누군지 단번에 알아볼 수 있었다.

"선배님."

"어, 왔냐?"

그는 박현우였다.

경기가 끝난 직후, 찬열은 배터리 코치인 김기홍에게서 박현우가 보자고 했다는 말을 들었다. 그래서 집에 짐을 놓고 바로 이곳으로 온 것이다.

"쉬어야 되는데 불러서 미안하다."

"아닙니다. 그런데 선배님도 쉬셔야 되는 거 아닌가요?"

"야야! 안 그래도 마누라가 이 시간에 어디 가냐고 바가지를 아주 사정없이 긁더라. 너까지 그러지 마라."

"그렇게까지 무리해서 나오셔서 절 보러 오신 거예요?"

박현우가 고개를 끄덕였다.

"오늘 경기 중계를 보는데 뭔가 좀 이상해서 말이야."

"경기요?"

"응, 정길이가 오늘 고개를 많이 젓던데, 둘이 사인이 안 맞았냐?"

"음, 사인은 맞았어요. 그런데 코스가 마음에 안 들었는지 계속 고개를 저으시더라고요. 경기 뒤에도 별말씀이 없으셔서 깊게 생각은 안 하고 있습니다."

경기가 끝나고 찬열은 윤정길이 무슨 이야기가 있을 줄 알았다.

리드가 마음이 들지 않았다거나 하는 점에서 말이다.

하지만 윤정길은 경기가 끝나고 돌아갔다.

"마주쳤을 때는 오히려 수고했다고 해주셔서 사실 어리둥절합니다."

회귀 전, 찬열은 많은 투수와 호흡을 맞췄다.

그들 중에는 손발이 맞지 않는 선수도 물론 있었다.

대부분의 경우는 양보를 했지만 간혹 성격이 나쁜 이들도 있었다.

그때는 자신도 언쟁을 하거나 때론 싸우기도 했다.

포수로서 해서는 안 되는 일이지만 당시에는 어렸기에 혈기를 참지 못했다.

그러나 윤정길은 그 어떤 투수와도 같지 않았다.

분명 마운드에서는 고개를 흔들었지만 그 이유를 말해주지 않았다.

그래서 의아했다.

"역시 그렇군."

박현우가 예상이라도 했다는 듯 말했다.

"예?"

"원래 정길이가 불만 같은 걸 내색하는 스타일이 아니거든. 좀 내성적이라고나 할까?"

찬열이 믿을 수 없다는 표정을 지었다.

"안 믿기지?"

"예…… 솔직히."

"그럴 수도 있어. 마운드에서는 워낙 공격적인 성향이고 실제로 경기에 나서면 전투 모드로 돌변하거든."

윤정길은 한국 야구에서 꽤 유명한 선수다.

톱클래스의 실력을 가지고 있으면서 야구장에서 트러블을 자주 일으키는 선수였다.

그 이유에는 공격적인 피칭이 있었다.

그는 타자가 약하다고 생각되는 코스를 집요하게 공략했다.

몸 쪽을 공략하다 데드볼이 나오더라도 다음 타석에서 다시 몸 쪽 공을 던졌다.

덕분에 같은 선수에게 두 번의 데드볼이 나와 벤치클리어링이 일어나기도 했었다. 그런 윤정길이 내성적인 성격이라니? 믿을 수 없었다.

"민혁이나 태길이 두 녀석도 그런 성격을 모르고 정길이와 트러블이 있었다."

"아……."

"당시에는 내가 주전이었으니 잘 이해를 시켰는데, 사실 정길이 녀석이 성격이 좀 이상하긴 하지. 시합 때와 평소가 너무 다르니까 말이야."

찬열이 고개를 끄덕였다.

다양한 인종, 그리고 많은 성격의 사람을 만나봤지만 윤정길 같은 타입은 또 처음이었다.

"하지만 분명히 말하지만 이런 성격도 파악해야 되는 게 포수가 해야 될 일이다."

박현우가 단호한 목소리로 이야기를 이었다.

"흔히들 투수와 포수는 부부라고 한다. 하지만 부부에도 타입이 있어. 매일같이 사랑을 나누는 잉꼬부부도 있지만 말한 마디 하지 않아도 통하는 부부도 있다."

"그렇죠."

"또 어떤 부부는 서로를 죽일 듯이 하면서도 헤어지지 않는다. 그렇게 다양한 부부가 있고 배터리 역시 마찬가지야."

각 구단마다 다양한 투수와 포수가 있다.

그들 모두가 천생연분일 수는 없었다.

"부부의 사이가 나빠지면 그 가정은 화목할 수 없다. 팀역시 마찬가지다. 게임을 이끌어가야 되는 배터리가 흔들리면 전체적인 분위기가 망가진다."

"그럼 어떻게 해야 될까요?"

"그거야 네가 선택을 해야 될 문제지. 내가 해주는 건 조언이다. 너만의 방법을 스스로 찾아내야 한다."

"음……."

어려운 문제였다.

사실 미국에선 이런 문제로 고민하지 않았다.

마이너리그는 수시로 팀 메이트가 바뀐다.

어제 더블A에서 올라온 선수가 다시 내려가거나 빅 리그로 승격되는 경우도 있었다.

또 기본적으로 서로를 경쟁자로 보기 때문에 친해지는 경우는 결코 많지 않았다. TV에 비춰지는 메이저리그의 팀워크는 메이저리그니까 가능한 것이다.

그런 발상을 가지고 있는 찬열에게 박현우의 이런 조언은 이해가 되지 않았다.

그리고 그 생각이 얼굴에 드러났다.

"응? 표정이 왜 그래? 이해되지 않는 부분이라도 있어?"

"그게 아니라…… 이런 말씀드리면 건방지다고 생각하실 수도 있는데, 사실 선배님이 이런 조언을 해주시는 게 이해가 되지 않습니다."

"왜? 너랑 나랑 포지션이 겹치니까?"

"예……."

"임마! 우리는 경쟁자이기 이전에 선후배이자 동료다. 내가 먼저 경험한 걸 너한테 알려줄 수 있는 거야. 깊게 생각하지 마."

찬열은 그제야 자신이 한국 야구를 택한 이유를 깨달았다.

자신은 이런 걸 원했다.

서로를 위해 주고 조언을 해주고 격려를 해주는 이런 야구를 말이다.

서로를 경쟁자로만 보지 않는 이런 팀을 원했다.

"지금 네가 해야 되는 건 투수들과 친해지는 거다. 투수들의 성격을 파악하고 그들이 원하는 걸 먼저 해줘. 그러면 너에 대한 믿음이 생길 거다."

"예!"

힘차게 대답하는 찬열의 모습에 박현우는 순간 놀랐지만 이내 웃으며 고개를 끄덕였다.

* * *

다음 날,

찬열은 장비를 챙겨 불펜으로 향했다.

불펜에서 투수들의 훈련을 챙기던 백성원이 그를 발견하고 의아한 목소리로 물었다.

"네가 불펜에는 무슨 일이야?"

"박상두 선배님 공 좀 받고 싶어서요. 괜찮을까요?"

"그거야 상관은 없다마는……."

백성원의 허락이 떨어지자 찬열이 장비를 착용했다.

'경기 전 선발투수의 공을 불펜에서 받는 건 현우가 주로 하는 거였는데.'

찬열이 하는 건 처음 있는 일이다.

갑작스럽긴 했지만 나쁜 일은 아니기에 백성원은 상황을 살폈다.

"선배님! 마음 놓고 던지십쇼!"

"알았다."

박상두가 고개를 끄덕이고 공을 던지기 시작했다.

포심, 투심, 커브와 슬라이더, 그리고 체인지업을 던지는 박상두의 공을 받으며 찬열은 그의 스타일을 파악하기 위해 노력했다.

'무의식적으로 던지는 공은 그 투수의 성향을 나타내 준다.'

찬열은 끊임없이 생각하며 박상두의 공을 받았다.

* * *

[와이번스의 박상두 투수 6이닝 무실점, 1피안타 무사 사구를 기록했습니다. 매우 좋은 피칭이었습니다.]

[그렇습니다. 제구가 완벽했습니다. 그리고 무엇보다 정찬열 선수의 리드가 매우 좋았습니다.]

[어떤 의미죠?]

[어제 경기를 중계하면서 느낀 거지만 투수인 윤정길 선수가 고개를 많이 버저었습니다. 이는 사인을 거부한 거죠. 즉, 배터리의 호흡이 맞지 않은 겁니다.

그래서 다소 걱정을 했는데 오늘 박상두 선수는 경기 중 단 3번만 고개를 저었습니다. 매 타자를 상대할 때마다 사인을 거부하던 윤정길 선수와는 많은 차이가 있죠.]

[그럼 박상두 선수와 호흡이 잘 맞았다는 이야기가 되나요?]

[일단은 그렇습니다.]

[그렇군요. 설명해 주시던 정찬열 선수가 타석에 들어섭니다. 이번 이닝 선두 타자인데요. 앞서 두 타석에서도 안타와 볼넷으로 현재까지 출루 백 퍼센트를 기록했습니다.]

딱―!

[정찬열 선수 초구를 강타! 높게 떠오른 타구가 빠르게 날아갑니다! 우익수 쫓아가는 걸 포기합니다! 넘어갔습니다! 초구를 공략해 솔로 포를 터뜨립니다!]

[완벽한 스윙이었습니다! 직구를 노리고 있었는지 타이밍도 완벽했어요.]

[6회까지 점수가 나지 않고 있던 와이번스! 포수 정찬열 선수가 파트너인 박상두 선수에게 승리투수 요건을 안겨줍니다!]

* * *

"찬열이가 성적이 매우 좋네요."

이동건의 말에 코치들이 미소를 지었다.

"좋기만 하겠습니까? 벌써부터 언론이 장난 아닙니다. 오랜만에 등장한 신인 거포 아닙니까? 팬들은 물론이거니와 구단에서도 기대가 큽니다."

최호성의 칭찬을 백성원이 이어받았다.

"투수들과 친해지려는 모습이 매우 보기 좋습니다. 스프링캠프 때는 그런 모습이 거의 없고 동기들끼리 어울렸는데 시범 경기 때는 먼저 투수들에게 다가가고 있습니다."

"불펜에서 던지는 애들도 찬열이에 대해 칭찬이 자자합니다. 안정감이 있다고 할까요? 아직 어린 나이인데도 매우 헌신적인 플레이를 하고 있습니다."

불펜 코치인 이상균까지 말을 하자 이동건이 고개를 끄덕였다.

"확실히 좋아졌군요."

이동건과 코치들은 감탄하고 있었다.

신인 선수들이 가장 힘들어하는 건 팀에 녹아드는 거다.

특히 포수는 그것이 더 힘들다.

지휘자, 혹은 사령관이라는 말을 들을 정도로 포수는 팀을 진두지휘해야 한다.

'나도 어릴 때는 선배 투수들이 리드를 잘 따라주지 않아 힘들어했는데.'

인정을 받기 시작한 건 서른쯤 되었을 때였다.

수도 없이 연습을 하고 투수들의 비위를 맞춰 주면서 얻은 신뢰였다.

'그런데 고작 삼 개월 만에 그걸 해냈단 말이지.'

시대가 변했다는 것도 큰 이유 중에 하나일 것이다.

하지만 그건 부가적인 이유에 불과했다.

가장 중요한 건 정찬열의 노력이었다. 그것을 외면할 생각은 없었다.

그때 최호성이 물었다.

"감독님, 이제 슬슬 개막전에 마스크를 쓸 선수를 정해야 되지 않겠습니까?"

삼 일 뒤, 개막전이 열린다.

다른 포지션은 대부분 멤버가 확정됐다.

하지만 안방마님은 아직이었다. 박현우의 복귀 시점이 개막전과 비슷했기에 고민이 계속됐다.

그러나 이제 결정을 내려야 할 때가 됐다.

"정찬열로 가죠."

예상했던 대답이 그의 입에서 나왔다.

비록 부상이 회복되고 재활이 끝났다지만 박현우는 경기 감각이 떨어져 있다. 시즌의 시작인 개막전을 맡기기에는 다소 어려움이 있었다.

반면 정찬열은 꾸준히 경기를 치렀다. 그리고 팀원들에게 신뢰를 주고 있다. 지금 시점에서는 정찬열을 택하는 게 베스트 초이스다.

그렇게 개막전 선발이 정해졌다.

＊ ＊ ＊

"네, 알겠습니다."

찬열이 전화를 끊자 TV를 보던 아버지가 물었다.

"갑자기 구단에서 왜 연락이 온 게냐?"

"아버지……."

"응?"

"저 개막전 선발에서 주전으로 뛰게 됐습니다."

"정말이냐?!"

"예!"

"하하하! 장하다! 장해! 내 아들이 개막전에서 마스크를 쓰다니! 정말 대단하다!"

입단 1년 차가 개막전 멤버에 드는 게 얼마나 어려운지 잘 알고 있다.

그런데 마스크까지 쓰다니?

팀의 상황이 도와주긴 했지만 찬열이 노력하지 않았으면 불가능한 일이었다.

노력한 아들이 자랑스러웠다.

거실이 소란스러워지자 주방에서 설거지를 하던 어머니가 나왔다.

그리고 금세 상황을 파악하고 찬열을 껴안았다.

"고생했어! 아들!"

자신을 자랑스러워하는 두 분의 모습에 찬열은 눈물이 날 것 같았다.

회귀 전,

미국에 있을 때 이렇게 자신을 자랑스러워하신 적이 없었다. 아니, 할 수가 없었다.

마이너리그에서 승격과 강등을 반복했다. 축하와 위로는 곧 격려와 위로로 바뀌었다.

'반드시 이 모습을 지키겠다.'

두 번 다시 부모님이 슬퍼하는 모습을 보고 싶지 않다.

그는 다짐에 다짐을 하며 오늘의 기쁨을 즐겼다.

* * *

개막전이 열리는 날,

일찌감치 문학구장은 관중으로 가득 찼다.

"야야! 들었냐? 오늘 만땅이란다."

"진짜?"

선배 두 명이 대화를 주고받는 소리에 라커룸이 소란스러워졌다.

만원 관중.

문학구장이 수용할 수 있는 관중은 2만 명이 넘는다.

그렇기 때문에 만원이 되는 경우는 많지 않았다.

작년 시즌 중반이 넘어서부터는 단 한 번도 만원 관중이 들어서지 않았다.

순위 경쟁에서 멀어졌기 때문이다.

그렇기 때문에 개막전에 얼마나 많은 관중이 찾아올지 구단 관계자는 물론이거니와 선수들도 조마조마했다.

관중이 적으면 경기를 할 맛이 나지 않는다.

찾아와 준 팬들에게는 미안하지만 아무래도 모든 자리가 들어찬 것과 아닐 때의 흥은 차이가 날 수밖에 없었다.

그런데 개막전에서부터 만원이라니 벌써부터 선수들의 마음이 들뜨기 시작했다.

경기를 위해 더그아웃으로 이동하면서 만나는 구단 관계자들의 얼굴에도 웃음꽃이 핀 게 보였다.

하지만 신인급 선수들에게 만원 관중은 부담감밖에 되지 않았다.

생각을 해보라.

2만 명이 넘는 사람들이 바라보고 있다.

강심장도 손발이 떨린다.

에러라도 하나 나오면 골수팬의 욕설이 날아온다.

이상하게도 그런 욕설은 꼭 들렸다.

그런 부담감을 안고 경기를 해야 되니 긴장이 될 수밖에 없었다.

그래서 이동건 감독도 여전히 자신의 결정을 확신하지 못했다.

'부담을 느끼지 않으면 좋으려만.'

포수는 해야 될 일이 많다.

긴장을 하게 되면 그런 일들을 제대로 수행하지 못한다.

실제로 그를 선발로 결정했을 때 구단 밖의 지인들에게서 연락이 왔다.

대부분이 무모한 결정이라는 이야기를 했다.

그 말에 그저 웃으며 넘겼다.

그는 고개를 저으며 괜한 생각을 떨쳐냈다.

'이미 결정을 내렸다. 죽이 되든 밥이 되든 내 책임이다.'

감독이란 그런 자리다.

결정을 내리고 책임을 지는 자리.

가볍게 뺨을 때리며 정신을 집중한 그가 사무실을 나섰다.

* * *

[2006 프로야구 정규 시즌의 개막전이 드디어 시작됩니다.]

[참, 오래 기다렸습니다.]

[이 위원님, 오늘 와이번스는 안방마님으로 정찬열 선수를 내세 웠는데요. 신인 선수가 개막전 마스크를 쓴 케이스는 드물지 않습 니까?]

[예, 그렇습니다. 80년대 그러니까 프로야구가 출범한 초창기 에야 있었지만은 90년대 후반부터는 그런 케이스가 많지 않았습 니다.]

[사실 많은 전문가는 와이번스의 선발 포수로 박민혁 선수를 예 상했었는데요.]

[비록 수비와 타격 양쪽에서 불안하긴 하지만 경험이란 걸 무시 하지 못하니까요. 어쨌든 이동건 신임 감독은 정찬열 선수를 선택 했고 이제 그 선택이 어떤 결과로 나올지 지켜봐야 될 때입니다.]

"플레이볼!"

구심의 외침에 찬열이 손가락을 빠르게 움직였다.

'몸 쪽 낮은 코스, 포심.'

초구부터 공격적인 코스였다.

'윤정길 선배는 공격적인 성향이 짙다. 피하거나 유인구는 정말 필요할 때가 아니면 거부할 거다. 특히 초구는 더욱 공 격적으로 나가는 걸 좋아해.'

첫 호흡에선 삐걱했지만 두 번째 만남에서는 나름 좋은 호 흡을 보였다. 그리고 이번이 세 번째, 더 완벽한 리드를 해야 했다.

그때 윤정길이 고개를 끄덕였다.

자신의 사인을 받아들인 것이다.

'좋았어!'

찬열은 미소를 지으며 미트를 내밀었다.

와인드업을 한 윤정길이 공을 뿌렸다.

쐐액—!

펑—!

"스트라이크!"

몸 쪽을 날카롭게 찌르는 직구에 광주 타이거즈 1번 타자 이규영이 얼어붙었다.

후웅—!

펑—!

"아웃!"

심판의 짤막한 판정에 찬열이 공을 마운드에 던졌다.

삼자범퇴.

완벽한 스타트였다.

'역시 대단해! 내가 원하는 코스에 모두 공이 왔다.'

새삼스레 윤정길에 대해 감탄을 했다.

1회 10개의 공을 던져 2명의 타자를 삼진으로 돌려세웠다.

한 명은 유격수 땅볼.

덕분에 투구 수를 아낄 수 있었다.

더그아웃으로 돌아가던 길에 윤정길과 마주쳤다.

그가 글러브로 찬열의 엉덩이를 툭 쳤다.

"나이스 리드였다."

"감사합니다!"

예상하지 못한 칭찬에 찬열의 얼굴이 상기됐다.

더그아웃으로 돌아오자 동료들이 기다렸다.

"나이스!"

"잘했다!"

하이파이브를 하며 들어가 빈 벤치에 앉았다.

마스크는 벗었지만 보호 장구는 착용한 채 대기했다.

찬열은 7번 타자다.

타점 기회가 많고 부담감을 느낄 수 있는 상·중위 타선보다 하위 타선이 나을 것이라는 이동건 감독의 배려였다.

그렇다고 가만있을 순 없었다.

찬열은 눈을 감고 1회 때의 상황을 떠올리며 복기했다.

'3번은 물론이고 테이블세터 역시 스윙이 컸다. 아무래도 개막전이니 힘이 들어갔다. 게다가 만원 관중이니 뭔가 보여주고 싶다는 욕심도 있을 거고.'

그렇다면 다른 타자들 역시 마찬가지일 가능성이 높았다.

'오늘 윤정길 선배의 싱커가 제대로 긁히고 있다.'

윤정길의 주 무기는 단연 싱킹 패스트볼이다.

우타자 기준 몸 쪽으로 떨어지는 궤적을 그린다.

무엇보다 대단한 건 포심 패스트볼과 구속의 차이가 거의 없단 점이다.

윤정길의 포심 평균 구속은 140㎞대 중후반이다.

반면 싱킹 패스트볼은 140㎞ 중반을 찍고 있었다.

그러다 보니 포심으로 착각하고 배트를 돌렸다가 떨어지는 공에 속수무책으로 헛스윙이 나왔다.

그리고 오늘은 그런 싱커의 제구가 제대로 되고 있었다.

'일단 포심과 싱커 두 개로 경기를 이끌어간다.'

생각을 막 정리할 무렵, 김기홍이 다가왔다.

"찬열아, 투아웃이다."

"예."

예상대로 찬열의 차례까지 오지 않았다.

그는 다시 마스크를 챙겼다.

때마침 3번 타자 이성준이 우익수 뜬공으로 물러났다.

공수 교대다.

* * *

[와이번스 대 타이거즈! 타이거즈 대 와이번스!

개막전부터 매우 수준 높은 투수전을 보여주고 있습니다!]

[정말 재밌는 경기입니다. 양 팀의 투수도 뛰어난 피칭을 해주고 있지만 수비수들 역시 집중력 있는 모습을 보여주고 있어요.]

해설 위원의 말 그대로였다.

오늘 경기에서 호수비만 벌써 4차례나 나왔다.

6회가 진행되고 있다는 점에서 매우 많은 숫자였다.

무엇보다 경기의 템포가 빨랐다.

6회까지 진행하는 데 걸린 시간은 고작 1시간 10분.

작년 시즌 한 경기가 진행되는 데 걸린 시간이 3시간 14분인 것을 감안했을 때 매우 빠른 페이스였다.

경기가 빠르면 관중들이 지루함을 느끼지 못한다.

그만큼 공격이 빠르게 진행되기 때문이다.

그리고 수비수들의 집중력도 높아진다.

아무래도 수비 시간이 길어지면 집중력이 흐트러지고 집중력의 하락은 곧 에러로 이어진다.

하지만 수비 시간이 짧으니 집중력을 유지할 수 있었고 좋은 플레이가 연속해서 나왔다.

[타격전도 재밌습니다만 이런 명품투수전도 볼거리가 아니겠습니까?]

[맞습니다. 특히 와이번스의 윤정길 투수가 매우 대단하네요. 6회까지 단 하나의 볼넷만 허용한 채 노히트 피칭을 이어가고 있습니다.]

그러나 거기까지였다.

7회 초,

첫 타자를 상대로 윤정길이 공을 던졌다.

싱커였는데 손에서 공이 빠진 듯 제대로 제구가 되지 않았다.

변화가 없는 싱커는 그저 느린 패스트볼에 불과하다.

그것도 회전이 제대로 걸리지 않은 공이다.

타이거즈의 1번 타자 이규영이 그것을 놓칠 리가 없었다.

딱-!

몸통이 빠르게 회전했다.

동시에 경쾌한 소리가 울려 퍼졌다.

오랜만에 들리는 타격 소리에 타이거즈 응원단이 떠들썩했다.

타구는 중견수 앞에 떨어졌다.

단타로 끝났지만 문제는 노히트 피칭을 이어가던 윤정길이었다.

'끊어줘야겠어.'

더그아웃의 이동건 감독이 움직였다.

노히트 혹은 퍼펙트를 기록하던 투수는 고도의 집중력을 보인다.

하지만 그 집중력은 기록이 깨지는 순간 산산이 흩어진다.

그래서 기록이 깨진 직후에는 포수나 코치가 올라가 투수를 달래 주어야 했다.

'찬열이에게 그런 것까지 바랄 순 없지.'

고작 1년 차 포수다.

이런 상황에 무엇을 해야 될지 모를 가능성이 컸다.

"백 코치."

"예."

이동건의 부름에 백성원이 자리에서 일어났다.

무엇을 해야 될지 잘 알았기에 더그아웃을 박차고 나가려 했다.

그때였다.

찬열이 자리에서 일어나더니 구심과 이야기를 나누었다.

구심이 고개를 끄덕이자 곧 마운드로 올라갔다.

"잠깐 기다려요."

"아, 예."

그 모습을 본 이동건이 백성원을 제지했다.

두 사람, 아니, 양 팀 더그아웃의 모든 선수와 코치와 감독이 이 묘한 상황을 지켜봤다.

[정찬열 선수, 타임을 요청하고 마운드에 올라갑니다.]

[아주 좋은 타이밍입니다.]

[좋은 타이밍이요?]

[예, 정신적으로 흔들릴 수 있기 때문에 포수가 올라가서 안정을 시켜줘야 합니다. 하지만 정찬열 선수는 프로 1군 무대가 처음입니다. 정신이 없을 때죠. 그래서 와이번스 더그아웃에서 투수 코치가 올라올 움직임을 보였습니다. 그런데 정찬열 선수가 먼저 타임을 걸고 마운드에 올라간 거죠. 프로 경험도 없는 포수가 말입니다. 허허!]

[그렇군요.]

정찬열이 마운드에 올라가면서 생기는 이점은 또 있었다.

바로 백성원이 마운드에 올라가지 않아도 된다는 점이다.

코치가 마운드에 방문할 수 있는 건 이닝당 1번으로 제한되어 있었다.

만약 두 번째 올라간다면 투수를 교체해야 했다.

야구란 어떤 변수가 생길지 모르는 스포츠다. 그렇기 때문에 주어진 기회는 매우 신중히 사용해야 했다.

그런데도 이동건이 백 코치를 올려 보내려 했던 건 정찬열이 신인이기 때문이다.

그게 끝이 아니었다.

개막전, 그리고 데뷔전에서 신인 포수가 마운드에 스스로 올라간다? 아예 없을 순 없지만 흔한 일도 아니었다.

'데뷔전에선 어떤 포지션의 선수라도 긴장을 한다. 그래서 신인 선수들은 자신이 맡은 역할만 해도 충분히 잘한다는 평가를 받는 거다.'

정찬열에 대한 이동건의 기대는 그것보다 약간 더 높았다.

무언가 해줄 것 같은 느낌이 있었다.

그리고 그것이 지금 나오고 있었다.

마운드에 오른 정찬열을 보며 윤정길이 시선을 보냈다.

'캬~ 저런 눈빛을 하니 겁먹을 수밖에 없지.'

박현우의 이야기가 떠올랐다.

박민혁과 장태길 두 사람도 윤정길을 상대하는 데 힘들어했다고. 그 이야기가 어떤 의미인지 지금 깨달았다.

"왜 올라왔어?"

표정만큼이나 까칠한 목소리였다.

안타를 맞긴 했지만 자신감은 여전했다.

하지만 목소리가 미세하게 떨리고 있었다.

"그냥 앉아 있기 힘들어서요."

"뭐?"

능글맞은 표정을 지으며 찬열이 자신의 허리를 토닥였다.

"너무 빠르게 던지셔서 저기에 계속 앉아 있었더니 허리도 아프고…… 무릎도 아파요."

"장난하냐?"

여전히 까칠했지만 그래도 표정은 다소 누그러졌다.

그 뒤로도 정찬열은 시답잖은 이야기를 하며 시간을 보

냈다.

윤정길은 베테랑이다.

10년 차가 넘은 투수에게 자신이 해줄 조언?

그런 건 없었다.

내버려 둬도 알아서 잘할 것이다.

사실 더그아웃이 움직이지 않았다면 자신도 올라오지 않았을 것이다.

그래서 타임을 걸었다.

만약 코치가 지금 타이밍에 올라오면 무슨 말을 할지 뻔했다.

괘념치 말고 던져라. 주자는 신경 쓰지 마라.

원론적인 이야기를 할 것이다.

그것이 틀렸다는 건 아니다.

문제는 코칭 스태프가 팀에 합류한 시간이 얼마 되지 않았다는 점이다.

선수와 코치 간에 믿음이 생성되기에는 짧은 시간이다.

그런 상황에 코치가 올라와서 저런 이야기를 한다?

자존심이 강한 윤정길의 입장에서는 다르게 받아들일 수 있었다.

그렇지 않아도 안타를 맞아 날카로워진 상황, 자존심까지 상하게 되면 어떻게 될지 모를 일이었다.

만에 하나라지만 그래도 그런 여지를 남겨두고 싶지 않았다.

찬열은 계속해서 실없는 소리를 하며 시간을 보냈다.

"프로 무대라서 그런지 앉았다 일어서는 것도 힘들어 죽겠습니다. 구심 선생님은 타자가 물어 보면 코스며 구종이며 다 알려주시고."

"뭐, 심판이 거짓말할 수도 없는 일이잖아?"

"그래도 전 어떻게든 대답 안 하려고 피하는데 너무하잖아요."

"그런 걸로 엄살 부리면 어떻게 하려고 그러냐?"

"이봐, 너무 길다. 슬슬 마무리해."

그때 구심이 다가와 소리쳤다.

그 말에 윤정길은 어느새 시간이 그렇게 됐는지 의아했다.

그리고 깨달았다.

'이 자식……'

찬열은 경기에 대해 아무 이야기도 하지 않았다.

그러면서 시간을 끌었다.

덕분에 안타를 맞았다는 생각이 머리에서 사라졌다.

'대단한데?'

건방지면서도 대단하다는 생각이 들었다.

"그럼 저 내려가 보겠습니다!"

끝까지 능청을 떨면서 자리로 돌아가는 찬열의 모습에 윤정길은 피식 웃었다.

'데뷔전에서부터 저런 모습을 보여준단 말이지.'

너무 어이가 없어서 화가 나지 않았다.

'그래, 오늘 데뷔한 녀석도 저렇게 침착한데 선배인 내가 안타 하나에 흔들리면 안 되지.'

선배다운 모습을 보여주어야 했다.

그는 로진백을 들어 툭툭 털고는 마운드에 섰다.

그 모습에서는 언제 안타를 맞았냐는 듯 자신감이 넘쳐흐르고 있었다.

찬열은 미소를 지으며 캐처 박스에 앉았다.

"플레이볼!"

경기가 재개됐다.

찬열이 재빨리 타자를 관찰했다.

'7회 초, 0 대 0. 주자는 작년 36도루를 기록한 이규영이다. 번트가 나올 수 있다.'

예상대로 2번 타자 김수영이 번트 자세를 잡았다.

'좌타다. 몸 쪽으로 붙이면 1루 선상으로 번트를 대기가 쉽다.'

찬열이 손가락을 빠르게 움직였다.

바깥쪽 포심 높은 코스.

바깥쪽을 원한 이유는 3루 선상으로 대기 위해서다.

자칫 잘못 대서 공이 빠르게 굴러가면 3루수가 2루를 노릴 수 있다.

반대라면 자신이 2루를 노릴 수도 있다. 포심인 경우는 번트를 대기 가장 어려운 구종이기 때문이다.

마지막으로 높은 코스는 뜬공을 유도하기 위해서였다.

사인을 받은 윤정길이 슬라이드 스텝을 밟았다.

그 순간 1루 주자가 뛰었다.

"흡!"

쐐액―!

공이 빠르게 날아왔다.

딱―!

예상대로 공이 3루선상을 타고 굴렀다.

코스는 완벽했다.

문제는 속도가 너무 느렸다.

하지만 미리 예상하고 있었기에 찬열이 마스크를 벗어 던지고 공을 집었다.

"1루!"

동시에 누군가 외쳤다.

하지만 찬열은 고개를 들어 2루를 눈으로 확인했다. 이규영이 1루와 2루 사이를 막 통과하며 질주하고 있었다.

"비켜!"

그의 외침에 정면에 있던 윤정길이 어리둥절한 표정을 지었다. 하지만 그를 향해 찬열이 팔을 돌리자 놀라 몸을 숙였다.

"흡!"

쐐액-!

그의 손을 떠난 공이 허공을 갈랐다.

빠르게 날아간 공이 그대로 2루수의 글러브에 박혔다.

"아웃!"

2루심이 주먹을 쥐며 말했다.

동시에 찬열도 불끈 주먹을 쥐어 보였다.

[대, 대단합니다! 정찬열 선수! 타이거즈의 선봉장 이규영 선수를 잡아냈습니다!]

[매우 정확한 송구였습니다. 타구가 느려 금방 집어 들 수 있었지만 쉽게 선택을 내릴 수 있는 상황이 아니었는데요.]

중계 화면이 바뀌며 방금 전 공을 잡아내는 찬열의 모습이 재생됐다.

[자, 여기 보시면 공을 집은 정찬열 선수가 주자의 위치를 확인합니다. 이제 갓 데뷔전을 치르고 있는 선수가 말이죠.]

[저런 상황이면 대부분 당황하지 않습니까?]

[그렇습니다. 당황까지는 아니더라도 경황이 없습니다. 그렇기 때문에 주변에서 지시를 해주고 그것에 따릅니다. 그런데 정찬열 선수는 자신의 눈으로 확인을 하고 결정을 내렸습니다.]

해설 위원은 끊임없이 찬열에 대한 칭찬을 쏟아냈다.

반면 찬열은 방금 전 플레이를 기억에서 지웠다.

'아직 경기는 끝나지 않았다.'

그는 냉정한 얼굴로 마스크를 쓰며 캐처 박스에 앉았다.

to be continued